MW01699542

AHMET YORULMAZ, 1932 yılında Ayvalık'ta doğdu. İzmir, İstanbul ve Ayvalık'ta gazete muhabirliği yaptı, gazete çıkardı. Otuz üç yıl aralıksız kitapçılık yaptıktan sonra, araştırabilmek, çevirebilmek ve yazabilmek amacıyla kendi kendini emekli etti. Çağdaş Yunan edebiyatından bugüne değin, büyükler için, Kostas Tahçi'den, iki basım yapan *Üçüncü Düğün Çelengi*'ni, Stratis Çirkas'tan *Bomba Nurettin*'i, Menis Kumandareas'tan *Eski Tüfekler*'i, Vasilis Vasilikos'tan *Bir Aşk Hikâyesi*'ni, Kostas Tomanas'tan *Eski Selânikliler*'i; çocuklar için, ünlü savaş karşıtı Stratis Mirivilis'ten *Post Avcısı* ve ilerici kadın yazar Ellis Aleksiyu'dan *Tombik ile Zıpzıp* adlı romanları çevirdi. Yine Yunanca'dan *Öldürülenin Eli* ve *Mucizeler Avlusu* adlı iki sahne oyunu çevirdi.

Çevirdiği çok sayıda hikâye ve şiir *Varlık, Türk Dili* ve başka dergilerde yayınlandı. Asım Bezirci'nin, *Dost Türk -Yunan Şairlerinin Diliyle Barış* isimli kitabında çevirilerine geniş yer verildi.

Ayvalık'ı Gezerken adlı monografisi, şu sıra yedinci basıma hazırlanıyor. *Savaşın Çocukları,* yazarın ilk romanıdır. Köklerinden sökülüp atılanların dramını anlatan bu kitaptan sonraki romanı, *Kuşaklar ya da Ayvalık Yaşantısı* adını taşımaktadır.

Engin Yağman

AHMET YORULMAZ

Savaşın Çocukları

Girit'ten Sonra Ayvalık

8. Basım

Engin Yağman'a

22.12.006

Remzi Kitabevi

SAVAŞIN ÇOCUKLARI / Ahmet Yorulmaz

Kapak: Ömer Erduran

ISBN-13: 978-975-14-0847-1
ISBN-10: 975-14-0847-4

BİRİNCİ-ÜÇÜNCÜ BASIM: Belge, 1997-1998
DÖRDÜNCÜ BASIM: Geylan Kitabevi, Ocak, 2000
BEŞİNCİ BASIM: Remzi Kitabevi, Şubat, 2002
SEKİZİNCİ BASIM: Ağustos, 2006

Remzi Kitabevi A.Ş., Selvili Mescit Sok. 3, Cağaloğlu 34440, İstanbul
Tel (212) 520 0052 Faks (212) 522 9055
www.remzi.com.tr post@remzi.com.tr

Remzi Kitabevi A.Ş. tesislerinde basılmıştır.

Sunuş

Bu roman, zulüm görmüş Giritlilerden sadece birinin, Hasanaki'nin, Aynakis Hasan'ın dramıdır.

Aynakis Hasan, Anadolu'dan ve Rumeli'den adaya giden askerlerin, büyük olasılıkla on beşinci kuşaktan bir çocuğudur.

İşte *Savaşın Çocukları – Girit'ten Sonra Ayvalık*, adaya ilk çıkan Türklerden sonraki siyasal, toplumsal ve ekonomik gelişmeler içinde, insanımızı vermeyi amaçlar. Başka bir deyişle, yerinden sökülüp atılan adalı Osmanlı Türkü'nün dramını, Aynakis Hasan'ın yaşantısıyla dile getirir.

Bu kitap, 1998 güzünde (17-20 Eylül), İngiltere'de Oxford Üniversitesi, Queen Elizabeth House'ta yapılan 'Türkiye-Yunanistan arasında zorunlu nüfus değişimi – 1923 Lozan Antlaşması sonuçlarının değerlendirilmesi' konulu konferansta sunulan bildiride, uzun boylu anlatılmıştır.

1948 yılında Ayvalık'ta ölen bir Girit mübadilinin bıraktığı üç defterdeki bilgilerin yardımıyla oluşan bu romanı ve bunu izleyen *Kuşaklar ya da Ayvalık Yaşantısı* romanını, İngiliz antropoloji profesörlerinden Dr. Peter Loizos da, bir tezine dayanak yapmıştır.

SAVAŞIN ÇOCUKLARI

Girit'ten Sonra Ayvalık

BİRİNCİ BÖLÜM

"İlk basamakları hor görme hiç,
çünkü oraya basarak çıkarsın saraylara"

BİR GİRİT HALK KOŞUĞU

I

Doğrusunu isterseniz, bana 'Aynakis' Hasan demelerinin nedenini bir türlü anlayamamışımdır. Tertemiz çizmelerimden, haki külot pantolonumdan, bastonumdan, başımdaki kırmızı festen miydi acaba?

Kimbilir, belki boğaz kısmını parlak taşlı, uzun bir iğneyle tutturduğum gömleğimin yakasındaki kravattandı, belki de sağ elimin küçük parmağındaki, şarap renkli taşıyla ilgi çeken yüzüğümden... Sonra buna da aklım yatmıyor, yeleğimdeki altın köstekli, ince, zarif saatimdendi, diye düşünüyorum bazen.

Yok yok, bunların hiçbiri bana böyle bir ad takılmasının gerçek nedeni olamaz. Olamaz, çünkü, benden evvel, Kokulu Nail Bey gibi biri vardı önümde: Yakasındaki karanfile küçük el fenerlerinin ampulünü takıp, cebindeki pile bağlı gizli bir telle pırıl pırıl aydınlatan, Avrupa'dan getirttiği losyonlarla ayaklarını yıkayan, gazyağı ve lüks lambalarının aydınlatamadığı sokaklardan geçerken pencerelerden, "Kokulu Nail Bey geliyor!" diye Rum kadınlarının birbirlerine sinyal verdikleri beyzâde...

Ya da karanfil bıyığım, esmer tenim, orta boyum için mi

böyle diyorlardı? Bulamıyorum. Ayna sözcüğündendi, bu sözcükten türemeydi diyorum bazen; ayna, aynaya benzeyen...

Her neyse, adım Hasan, boş verin ötesine. Kılık kıyafetime bakarak, Hanya'nın önde gelen zenginlerinden Şakirağazâde Ferit Bey örneği bir patron olduğumu sanmayın. Ben sadece, günün koşullarına uymuş, ekmeğini rahat bir biçimde kazananlar takımındandım. Gün boyu koşturup duran, akşam yemeklerini de meyhanelerden birinde yiyen bir 'akşamcı'.

Diyeceğim, Ferit Bey harika bir adamdı. Venizelos'un, "Türkler dışarı!", "Büyük Yunanistan!" diyerek başlattığı, bizleri köyünden, evinden eden, bir bölüğümüzün büyük kentlerde sürünmesine, bir bölüğümüzün çarpışmalarda ölmesine, bir bölüğümüzün de evinde tarlasında boğazlanmasına neden olan 1897 ayaklanmasından; dört büyük ülke donanmasının Hanya'nın Suda limanına gelerek demirlemesinden; geçici sözde bir yönetim kurmalarından sonra Ferit Bey, hem postu hem çifti çubuğu güvenliğe almak için, Fransız uyruğuna geçmişti. Uyruğuyla beraber, başındaki fesi de değiştirmiş, şapka takar olmuştu. Oysa fesi, bizim kadınlar Müslümanlığın yaşadığının işareti, Rum kadınlarıysa çapkın ya da yakışıklı erkeğin süsü sayarlardı...

İşte bu Ferit Bey'in, o sıralarda bir çocuk olan bana selam vermesi, unutamadığım anılarımdan biridir. "Merhaba oğlum," derdi atının üstünde geçerken. Çiftliğinden dönerken rastlaşırdık onunla. Başında şapka, elinde gümüş saplı bir kırbaç, çizmeli ayaklar eğerin üzengisinde; altında, rahvan giden, sırım gibi bir Arap atı... Bana, bizlere verdiği selam Rumcaydı; Fransızca konuştuğuna da tanık olmuştuk. Nerden bildin, derseniz, konuştuğu adamın Fransız olduğunu duymuştuk, ayrıca o adam Rumca bilmiyordu. Ama, Ferit Bey Türkçe biliyor muydu? diye sorarsanız, korkarım doğru bir yanıt veremeyeceğim buna. Bu nedenle, yani özdilimiz, anadilimiz olması gereken Türkçeyi tam bilemeyişimizden bir burukluk duymuşumdur hep. Kör olasıcalar bizi buralara serpmişler, fakat dilimizi, geleceğimizi hesaba katmamışlardı. İstanbul'dan gönderilen birkaç öğretmen kaçımıza, ne ölçüde dil öğretebilirdi? Hem ne öğretmenler! Özellikle bunlardan biri, coğrafya öğretmeni İsmail Efendi, cehaletiyle ün salmıştı. Ne öyküler, ne öyküler yakıştırılırdı ona. Yaygın olanlardan bir tanesi şöyleydi: Arkadaşları, İsmail Efendi'yi coğrafyacı oluşu nedeniyle bilgili sayarlar, bilmediklerini ona sorar, danışırlarmış. Arkadaşı Nesip Öğretmen'in bir gün, İsmail Efendi'ye, Trablusgarp'taki(*) Derne kentinin hangi yönde bulunduğunu soracağı tutmuş.

İsmail Efendi, "Kuzeyde," yanıtını vermiş hemen.

"Ama efendim," demiş Nesip Öğretmen, "herkesin söylediğine göre, kuzeyde Yunanistan var, hani onların Hellas dedikleri yer."

Bu karşılıktan İsmail Efendi rahatsız olmuş: "Efendim bana mı söylüyorsun bunları? Yoksa kafam yerinde değil mi sanıyorsun?"

Nesip Öğretmen, "Tamam efendim, kuzeyde diyorsanız öyledir," demiş. "Fakat kuzey neresidir?"

İsmail Efendi, "İyi anlaman için soracağım, Türkiye ne taraftadır?"

"Kuzeyde efendim."

"Derne'de hangi dili konuşuyorlar?"

"Arapça."

"Pekiyi Arapça Türkçe ile akraba değil mi?"

"Doğru efendim."

"Türkiye'de hangi dil konuşuluyor?"

(*) Girit'in güneyinde. Yeni adıyla Libya.

“Sorulur mu, elbette Türkçe.”

İsmail Efendi’nin yanıtı ilginçtir: “O zaman Derne’yi niye

güneyde arar durursun?”

Girit’in güneyindeki Afrika kenti, Arapçanın Türkçeyle akrabalığı yüzünden, kuzey kenti olup çıkmıştı.

Öykü, bu denli olmasa da, durumun pek iç açıcı olmamasından uydurulmuştu herhalde. Sarıklı, cüppeli öğretmenlerin yetersizliği anlatılmak isteniyordu.

Dil konusunu geveleyip duruyorum, en kabadayımızın elli kadar Türkçe sözcük bildiğini söylersem, sakın ayıplamayın beni. Hele okuryazar olanlarımız o kadar azdı ki, iki elin parmaklarını geçmezdi sayıları. Çevremizdekileri saymaya çalışayım: Tahmisçizâde Mehmet Macit Bey, Mevlevihane Şeyhi, Alyotzâde Mustafa Tevfik Bey, Ağazâde Mehmet Behçet Bey, Fotinzâde Nesimi Bey, Bedribeyzâde İbrahim Bey, Darmarzâde İbrahim Bey, yetişmeme çok yardım etmiş Rum matbaacı-gazeteci Vladimiros, anayurda göç edenlerin belgelerini hazırlayan Karma Göç Komisyonu’ndaki Türk üye, Ustaoğulları’ndan Behçet Bey ile Hanya’daki fotoğrafhanenin sahibi İstanbullu Baha Bey... Ha, bir de Kavurzâde Celal Bey adını anımsıyorum. Bunlar üst düzeyde Türkçeyi bilenler, yazanlardı. Bunların ve daha birkaçının dışında kalan büyük çoğunluğumuz on-on beş, en çok bilebilenimiz elli sözcüklü adamdı. Bu tam bilenlerden bir örnek, Behçet Bey, Göç Komisyonu Başkanı olan İsviçreli’nin yardımcısıydı. İstanbul ve Paris’te eğitim gördüğü söyleniyordu. Bizlerin, o sıralardaki söyleyişimizle, “Cel burada,” dediğimize, o, “Buraya gel!” derdi. Yaşlı Rum Vladimiros’a gelince: İstanbul’da Tahtakale’de matbaacılığı öğrenirken gençliğinde, Türkçeyi de bir güzel hazmetmişti. Tahtakale’ye, “Taht-el-kal’a,” derdi. Türkçesinden, kafasından yararlandığım, bağnaz olmayan Rumlardandı.

En önemlisini eklemeyi unuttum: Din duygumuz. Biz Girit Türklerinin, tek tek ya da toplu biçimde işlenen cinayetlerden yılmamızı önleyen, bu din duygusu olmuştur. Köylerimizin kuşatılması, ırktaşlarımızın öldürülmesi, papazlarla ve okullarla yapılan Rumlaştırma girişimleri, temelde hep boşa çıkmıştır. Gerçi, yaslarımızda onlara bakarak karalar giydik; Rumcayı anadilimiz yerine koyduk, ama dinimizle Türklüğü hiçbir zaman unutmadık. O denli ki, Girit Türkü'ne, hem de Rumca olarak sorarlar: "Türk müsün Mehmet?" Yanıtı hem Rumcadır, hem de hazindir: "Meryem adına yemin ederim ki Türk'üm." Bu iki şeye sarıldık hep. Siz dilediğiniz kadar, bir ulusu ulus yapan niteliklerin ilki dil birliğidir, deyin. Genel olarak elbetteki böyledir. Ama biz Giritliler, bu kuralın –olumlu anlamda– dışında kalmış bir topluluktuk. "Biz Türküz!" diyor da, başka bir şey demiyorduk. Öteki Türk topluluklarını küçümsemek için değil de, din ve ulus inançlarımızın ne denli güçlü duygular olduğunu belirtmek amacıyla söylüyorum bunları... Giritli'nin kendini tamamen Türk hissetmesinin nedenleri hakkında bir örnek vereceğim: 1645'te adaya çıkan Türk askeri, yanında kadın taşımış olamazdı; sonraları Rumeli'den, Anadolu'dan Türk kadını gelmiştir, getirilmiştir; fakat kadından yana topumuzun kökeni, Anadolu ve Rumeli kadını değildi herhalde. Padişah III. Ahmet'in annesi bile, Rabia Gülnuş Emetullah Valide Sultan, Giritlidir. Girit'in alınması 1669'da tamamlanır, III. Ahmet'in doğumu ise 1673'tür. Bu, şu demektir: Sonradan Valide Sultan olacak kadın, Girit'in zaptı tamamlanmadan çok önce saraya gönderilmiş bir savaş ganimetidir; Venedik, Bizans ya da Kuzey Afrika kökenlidir.

Adaya çıkan Osmanlı Türkü'nün soyundan gelmiştir; demek ki ataerkildir Girit Türkü. İşte bu ataerkillikti bizi ayakta tutan, kadına egemen olan, çocuğunu Türklük-Müslümanlık duygularıyla yetiştirmesini sağlayan. Ulusumuzu hiçbir zaman unutmadık, demiştim. Çok doğrudur bu. Birinci Dünya Savaşı sırasında Yunanlar, Girit Türkü'nü askere aldı, Yunan askeri üniforması giydirip cepheye sürdü. Yunan üniforması taşıyan bu Türkler, artık Yunan askeridir, Yunanların savaştıklarıyla savaşacak, onlara kurşun atacaktır...

Ama gelin görün ki, bu askerler Türklüklerini unutmamıştı; askerlik ve savaş yasalarını bir kenara iterek, Yunanların savaştıkları Osmanlı'nın müttefikleri Almanya, Avusturya-Macaristan kuvvetlerine, 'Bunlar Türk'ün yandaşıdır, dolayısıyla bizdendir,' düşünce ve görüşüyle ateş açmadılar, bunun üzerine, savaş mahkemelerine gönderildiler, kurşuna dizilmelerine karar verildi. Belleğimde yanlış kalmadıysa, bir Fransız generalinin uzun uğraşları sonucu, bu karar yerine getirilmedi. Anımsayacaksınız, o savaş Osmanlı Devleti'nin yok olma sürecini başlatmıştı. Bırakalım bunları, savaşların canı cehenneme! Ölen insanlar, yıkımlar, kıyımlar, açlıklar, hastalıklar göz önünde tutulursa, savaşın sözü mü edilir? Adı kurusun!

II

Kamış köyünün üç yüz kadar nüfusu vardı, Rumlar eşanlamda, 'Kalami' diyorlardı köyümüze. II. Dünya Savaşı sırasında, köy halkı, Alman paraşütçülerine büyük darbeler indirdiği için, köyümüzün ve bağlı olduğu ilçe Kandano'nun Nazi uçaklarınca yerle bir edildiğini, Anadolu'nun Ayvalık'ında radyo haberlerinden öğrendim. Taş üstünde taş bırakmamışlardı. Tarihin de talihin de acı rastlantısına bakın: Çocukluğumuzda biz Türklere kırk beş gün süreyle kan kusturan yer, kırk beş yıl sonra bir başka barbar tarafından cezalandırılıyordu.

Zeytininden kestanesine, bağlarından sebze bahçelerine dek her şeyi olan, varlıklı sayılabilecek bir köy... Zeytinyağı ve şaraptan sonra keçiboynuzu da üretiliyordu. Reçelde kullanılan, ağacında görüldüğünde şaşkınlığa neden olan 'ağaç kavunu' da yetişirdi. Her biri şöyle böyle bir kilo çeken bu meyve, bir dalda bir tane oluyordu, o dala yerden destek yapılarak ağaçta tutulabiliyordu. 'Kitro' diyorduk biz buna. Sıdıkalar, Elfiyeler bizde zeytin toplayıp zeytinyağı üretimine, bahçelerde çalışıp sebze üretimine katkıda bulunurken; onların Mariyaları, Evredikileri, Fotinileri bağbozumunda üzüm toplardı şaraphaneleri için. Rumlarda da zeytincilik, bahçecilik vardı; bağcılık, şarapçılık fazladandı.

Verimliydi toprağımız. Köyümüzün kenarından geçen küçük çayın yanında kocaman bir çınar ağacı vardı. İki toplumun da –aslında birbiriyle kaynaşmış, iki ayrı ırktan iki ayrı dinden bireylerin demem daha gerçekçi olacak– kahveleri, o çınarın etrafındaydı. Yalnız meyhane, Manusakis adlı Rum'a aitti. Meyhaneci, serpilme çağımın ilk döneminde, akşam üzerleri bahçemizden ya da zeytin tarlamızdan dönüşte, kapısının önünden geçerken, büyüklüğe özenen çocuksu bir davranışla verdiğim selamı, gülerek, içtenlikle yanıtlardı:

"Kalispera Hasanaki."(*)

Daha sonraları, Rum bakkal Hristakis'ten istediklerini alıp getirdiğimde, müşterilerine kızartmakta olduğu ciğerden bir -iki parça keser, bir kahve fincanı tabağına koyarak:

"Şunun tadına bir baksana Hasanaki," diyerek uzatırdı bana.

Bazen de bu, birkaç izmarit balığı olurdu. Bu balıklar, daha güneyimizdeki kıyı kasabası Paleohora'dan, haftada bir-iki giden köylülerce getirilirdi. Üç saatte gelirlerdi oradan, ama 5-6 okka balık tazeliğini yitirmezdi. Temiz zeytinyağında nar gibi kızarmış izmaritler... Söz aramızda, günümüz meyhanelerinde böyle doğal, lezzetli mezeler yok artık.

İzmarit balıkları, ikişer-üçer kuyruklarından tutularak unlanır, kızgın zeytinyağıyla dolu tavaya bırakılırdı. Kuzu ciğeri tavasındaysa yöntem başkaydı: Ciğer, büyük bir parça halinde tavaya konurdu. İki yanı kızartıldıktan sonra, iki bıçak çaprazlamasına tutularak, tava içinde parçalara bölünür, bir-iki kez daha yağda çevrilip alınırdı. Bu denli kalabalık olmayan o

(*) İyi akşamlar Hasancık!

yılların dünyasında, meyhaneciler sabırlıydı, lezzetli yiyecekler hazırlayan usta kişilerdi; bizimki gibi küçük köylerde bile. Küçücük bir tabağa koydukları iki kara zeytin, bir parça kırmızı turpla hem masanızı süslerlerdi, hem de bir kadeh şarabı ağız tadıyla içirmesini bilirlerdi. Gün bitiminde ulu çınarın karşısındaki bu meyhanenin içinde ve dışında kurulan beş -altı masada, kâh bağlama çalan bir Türk, kâh meyhanenin laternasının kolunu çeviren bir Rum bulunurdu. Saygılıydılar, içtendiler köylülerimiz. Bir Türk'ün bir Rum'a bağbozumunda yardım etmesi, Rum'un da yine ailece Türk'ün zeytinlerini toplamasına ya da sebze bahçesini çapalamasına katkıda bulunması doğal imecelerdi. Başlarına doladıkları, Türklerin beyaz, Rumların siyah mendilleri; 'vrakia' dediğimiz şalvarımsı külotları, ayaklarında çizmeleriyle bıyıklı erkekler; Türk kadınlarının beyaz, Rum kadınlarınınsa kara başörtüsü kullandığı uyumlu bir topluluk. Dinsel inancımızdan ötürü bize 'Turkos', 'Musulmanos' ya da 'Muhammetyanos' diyorlardı. O kadar. Bayramlarda, yortularda karşılıklı saygı, yaygın bir biçimde kendini gösterirdi. Türk, yortusunda Rum'a, "Kales yortes", bayramda da Rum, Türk'e: "Kalosu bayrami" derdi. Kadınlar arası ev gezmeleri olağandı kış gecelerinde. Biz çocuklar için ne eğlenceli olurdu o gezmeler. Örneğin, Evangeliki Teyze'nin sucuk lokumuna bayılırdım ben. Fazlaca yediğimde, annemin ayıplayan bakışının ayırdına varan ev sahibinin:

"Zeynep Hanım, bırak yesin. Çocuk o, seviyor!" demesi üzerine başını eğerdi anacığım.

Oturmuş, neler anlatıyorum. Evimizi anlatacağıma, kasabayı, toplumsal ilişkileri anımsıyorum nedense. Belki iyi kaynaşmış olmamızın etkisiyledir bu, kimbilir. Belki de o güzel çağın çocuk belleğimde bıraktığı unutulmaz tatlı anılar yüzündendir. Mahallelerimiz ayrı değildi, Rumlarla iç içeydik. Ayrı olan, cami ve kiliseydi. Köyün imamı Şerif Efendi ile Papaz Trasakis'in birbirlerini selamlamalarının, hatır sormalarının hoşluğunu da eklemem gerek –bu iki din adamının yapıcı davranışları sürdüğü müddetçe insanlarımız iyi geçinmiş, barış içinde bir arada, mutlu yaşamışlardı. Ama sonra?...

Evimiz iki katlıydı. Girişte sağda, yerden iki karış yüksekliğinde bir oda, odadan sonra ocağın, mutfak eşyalarının bulunduğu bir boşluk, dışardaki avluda da bir ayakyolu ve hayvan damı. Üst katta biri büyücek, diğeri daha küçük iki oda. Annemle babam ve ablam Nazire yukardaki odalarda, ağabeyim Mahmut ile ben aşağıda, girişin sağındaki küçük odada yatardık. Odanın altındaki boşluktaysa, akşamları içeri alınan tavuklar barınırdı. Sabah kalktığımda, oda eşiğinin hemen altındaki boşluğa kolumu uzatarak, bir-iki yumurta alır, ocakta işlenen anneme götürürdüm. O, taze yumurtalardan birinin sarısını, bol şekerle bir bardak süte katar, iyice çırptıktan sonra içirirdi bana. Bir konuk geldiğinde, mevsim yazsa, girişteki sedirde oturtulurdu, kışsa ağabeyimle yattığımız odaya alınırdı. Yataklar her sabah toplandığından, düzgünce bir görünüm alırdı orası. Köyümüzün havası ılıman olduğundan, kışın tek ayrıcalığı, küçük mangalın dışardan içeriye taşınması, bir de mangal kenarında sürekli durup buhar salan cezveydi. Hafif üşütenin, özellike burnu akan biz çocukların sık sık içtikleri papatya, ıhlamur ya da adaçayı bulunurdu içinde. Ocağın yakınında da, asılı duran birkaç demet kekik, hevenk hevenk sarmısak ve soğanlar. Evimizin kış kokusu, her yanı saran bu üç-dört yararlı bitkinin ve soğangillerin kokusuydu. Yazın da irili ufaklı toprak kaplarda, saksılarda yetiştirilen karanfillerin, fesleğenlerin sıcakta evimizin içini-dışını saran kokuları.... Tam anlamıyla bir kır evinin kokularıydı bunlar; yazın başka, kışın başka...

Şimdi, anayurdumda oturduğum kıyı ilçesi Ayvalık'ın dar sokaklı, avlusuz, bahçesiz evlerine baktıkça, bir hüzün, bir gariplik çöker içime. Hele karanfil, papatya, adaçayı, ıhlamur yerine küf kokan karanlık yapılar sıla özlemimi depreştiriyor. Cetlerimin toprağındayken, bizden on beş kuşağın dünyaya geldiği Girit'i anımsamam, özlemem ne ola ki, diye çok düşünmüşümdür. Halbuki Girit'te, son olarak, "Türkler dışarı!" diye bağırıyordu Rumlar. Doğup büyüdüğümüz yerden atmak amacındaydılar bizi, attılar da. İstanbul'da, "Girit bizim canımız, feda olsun kanımız!" diye bağırırlarken, o tarihte yanında çalıştığım matbaacı Vladimiros, bir plak gibi şunu yineleyip duruyordu bana: "Hasanaki inanma sakın, Girit, gitti gider. Sizinkiler, bizim kiliseyle politikacılarımızı tanımıyorlar. Bunların ikisinin yapamayacağı yoktur; dünya âlemi kandıracaklar, sizi buradan çıkaracaklardır. Bak zamanı gelecek, Vladimiros Usta söylemişti, diyeceksin."

Anayurt Anadolu'ya geldik. Bu kez buradakiler, ırktaşlarımız, dindaşlarımız, "Yarım gâvur!", "Gâvur tohumu!" diyorlar bize. Beslenmemiz bol sebzeli, dağdan bayırdan toplanan türlü otlarla olunca, bunu da hazmedemiyorlar, alay ediyorlar bizimle: "Eşeklerin hakkını yiyor bunlar," diyorlar. Horluyorlar, ilişkilerini sınırlı tutuyorlar. Bir başka yere serpiyorlar sizi, gelişip boy atıyorsunuz, gelişme çağınızda kökünüzden söküp atıyorlar. Gerçi alınıp getirildiğiniz yer, çıkış yeriniz ama, beslendiğiniz toprak su, hava başkaydı. İnsanın kaderi mi diyeceğiz buna, yoksa barış içinde yaşayanları birbirlerine düşürmekten çıkar umanların işleri mi?

Babam Ali Ağa, şalvara benzeyen vrakiası, cepkeni, kocaman ak bıyıkları, Girit'e has kısa çizmeleriyle, yanık tenli bir adamdı. Çok çalışkandı diyebilirim. O kadar ki, cuma namazından çıktıktan sonra bile, köyün çıkışındaki bahçemize gidip bir süre çalışmaktan geri kalmazdı. Cumaları olsun dinlenmesi gerektiğini söyleyen anama verdiği yanıt değişmezdi:

"Namaz vakti geçince, çalışmanın günahı yoktur. Hem bak, Nazire büyüdü, evlendiriyoruz. Mahmut ile Hasan'a da ev, toprak, hayvan almak gerekecek. Çalışmadan olur mu?"

Yaradılıştan olgun bir insandı, ne medrese ne de okul görmüştü. Ağır ağır konuşur, yaşamdan, topraktan aldığı deneyimlerle güven verirdi karşısındakine. Sattığı sebze, zeytin ve zeytinyağının hesabını kasabamızın imamına yaptırır, ürünümüzü alanın kendisini aldatıp aldatmadığını öğrenirdi. Sevecendi. Hiç unutmam, dokuz-on yaşlarımdayken, köyümüze bir kez kar yağmıştı. Kar nedir bilmiyorduk biz çocuklar. İlk kez görmenin heyecanıyla –topu topu yarım gün kalmıştı yerde– yalınayak başı kabak koşturmaktan üşütmüş, yatağa düşmüştüm. O, bahçemize gitmiş, kavrulmalarını önlemek için ağaçların üstündeki karı silkmişti. Turunçgillerin kara gelmediklerini o zaman duymuştum. Akşamı sırtıma şişe tutmuşlardı. Babam, sırtımı göğsümü zeytinyağıyla ovarken,

"Gel, tüm organları yağlamakta yarar vardır," dedi.

Gülerek cinsel organlarıma değin tüm vücudumu bir güzel ovmuştu. Geçimli, ama sözünü de dinleten bir insan olarak belleğimde kalan babamın, bir de kahvaltılarını anımsarım: Ağabeyim Mahmut'la beni, bahçeye ya da zeytin tarlasına alacağı günler o uyandırırdı, gün ışımadan. Masaya, buğday ekmeği, o yoksa kalmış ekmeklerden anamın yaptığı peksimetlerden koyardı. Kara zeytin çıkarırdı küpümüzden. Adaçayını büyük toprak bardaklara doldurur, birkaç parça da peynir eklerdi sofraya. Kahvaltıdan sonra yola koyulurduk. Tütün içmezdi, meyhane nedir bilmezdi. Koyunumuz olmadığından, karşılığında bahçe ürünleri vererek Evangeliki Teyzelerden sağladığımız sütten, koca bir kâse içerdi geceleri. Öyle güçlü kuvvetli bir adamdı ki, biz iki çocuk –ağabeyim beş yaş büyüğümdü– koşar adım ancak izleyebiliyorduk onu. O çocukluk ve okumamışlık çağımda, büyükbabalarının Anadolu denilen bir yerin Konya kesiminden geldiklerini söylemişti bize. Anadolu, Konya... Dünyayı bilmeyen, hiç değilse ülkelerin nerelerde bulunduğunu bilmeyen benim gibi çocuklar için, düşsel birer sözcüktü bunlar. Annemin kökenini bilemiyorum; atalarının kim oldukları, nereden geldikleri konusundan hiç söz etmemişti. Sakin, uysal bir kadındı. Babamın ağzına bakar, kimileyin 'Efendi' ama çoklukla da 'Ağa' derdi ona.

Ağabeyim Mahmut ise bir başkaydı: İmam Şerif Efendi' den iki yıl ders almıştı, öğrendiği de sadece Kur'an'ı okumaktı. Babamın sattığı otuz-kırk okka yağın hesabını yapamıyordu bir türlü. Okumayı sevmezdi. Bahçede, zeytinlikte çalışsın, cuma günleri ya da bir başka boş zamanında, arkadaşlarıyla çayın öbür başına gidip oynasın... Yaşına göre boyu uzundu, havası vardı. Daha on beş yaşındayken, kızlarla arkadaşlıklar kurma yolundaydı.

Ablam Nazire'yi bahçe çapasına almazdı babam. Sadece zeytin tarlasına ve bahçeye sebze toplamaya götürürdü. Ablam, evdeki tavuklara, ahıra bakardı. Annemize yardım eder, tezgâhta dokuma yapardı. Giysilerimizi, kuşaklar, battaniyeler, yer kilimleri dokurdu. O tezgâhın boş kaldığını hiç görmemiştim. Dokunur, dokunur, dokunurdu... Bazen de para karşılığı konu komşuya dokurdu. O kazandıklarıyla çeyizinin eksiklerini alır, aldırır, sandığına koyardı. Türk bakkal Arif'le sözlüydü. Düğün hazırlıklarına başlanıyordu. Orta boylu esmer bir kızdı. Babaevinde çalışıyordu, yetenekliydi. Kocasına da yardımcı olacak bir tipti. Düğünleri daha önce yapılacaktı, fakat Arif'in bir Rum kadınla ilişkisi olduğu lafları çıkmıştı; iş, bir süre ertelendi. Müslüman'ı Rum'u izlediler, soruşturdular; Arif'in, Rum dullarından birine, sadece satıcılık gayretkeşliğiyle koşturduğu, utanılacak bir yanı bulunmadığı, dedikoduları da öbür bakkal Hristakis'in çıkarmış olabileceği sonucuna varıldı –şimdi bunları yazarken düşünüyorum da, toprak işi yerine köy bakkallığıyla da olsa ticaret yaşamına girme çabalarına karşı bir oyundu o; yani Arif Enişte'nin bakkallık yapmasını istemiyorlardı, diyorum.

Yaşamöykümün izlediği çizgileri, eğrileri tam izleyebilmeniz için, bazı noktaları yineleyip vurgulamalıyım.

Bizim okulumuz yoktu. Okul demek, cami demekti. Öğrenim ise, İmam Şerif Efendi'den alınacak Kur'an okuma dersleriydi. Ama yaşam sadece bu demek değildi ki... Yazmayı, aritmetiği, hesabı kitabı, dünyayı öğrenmek, kısacası aydınlanmak, babamın büyük isteğiydi. Ağabeyim onun küçük hesaplarını yapamayacak kadar bilgisizdi. Kur'an'ı bir baştan bir başa okumuştu, fakat ondan öte, kalemi eline alıp bir şey yazamıyor, hesaplayamıyordu. Gelsin zeytin bakımı, toplanması, gelsin bahçecilik. Arada bir, yalvar yakar aldırdığı bağlamayı tıngırdatıp bir yığın sesler çıkartarak kendini avutsun. Bir de kızlara, kadınlara yakın olmak için sürekli çabalasın. On yaşlarından belleğimde kalanlar bunlar.

Ağabeyimin babama yaptığı olumsuz etki, babamın bana karşı aşılayıcı bir tutum izlemesine yol açmıştı. Sürekli olarak okumam, öğrenmem gerektiğini söyler dururdu. Saçlarımı karıştırarak başımı okşarken söylerdi, verdiği bir işi başarıyla yaptığımda söylerdi. Doğal bir tatlılıkla, sevecenlikle söylerdi. Arada, çevremizdeki başarılı bazı Rumları örnek gösterirdi. Özellikle işlerinin hesabını tutabilenlere hayranlık duyardı. Yaşamı boyunca bir kez gidebildiği başkent Hanya'dan aldığı esinle:

"Okuman gerek oğlum," derdi. "Çünkü zaman gelecek, okuması yazması olmayan, zembil hamallığı bile yapamayacak!"

Hanya'da bazı yoksulların, evlere, zembil adlı büyük yiyecek sepetini taşıyarak geçimlerini sağladıklarına tanık olmuştu. O zembil taşıyıcıları, şimdilik gidecekleri evi biliyorlardı, oysa insanlar günden güne çoğalıyordu. İnsanlar çoğaldıkça, evler ve sokaklar da çoğalıyordu. Bu kalabalıklaşma sonucu zembilcinin, yani hamalın, eline verilecek, üzerinde gideceği ev yazılı ya da çizili bir kâğıt parçasıyla işini görmesi gerekecekti. Bu bile yazıyı öğrenmeye yeterli bir nedendi onun için –zavallı babacığım! Toprakta gözünü açmış, toprakta ömrünü tüketmişlikle, üretip satabileceği on ya da elli okka zeytinyağının ve bahçe ürünlerinin hesabıyla zembil hamallığından ötesini düşleyemiyordu.

Gittim, üç yıl boyunca İmam Şerif Efendi'den dersler aldım; ablamın diktiği keseyi omzuma asarak, on yaşımdan on üç yaşıma dek işlerimin izin verdiği günlerde... Keseye, annemin yattığı odanın duvarında işlemeli bir torbada asılı duran Kur'an konuyordu. Aptesi namazı, Kur'an'ı baştan sona okumayı, yalan yanlış birkaç hesap yapmayı öğrendim. Bu kadarı babamı mutlu etmeye yetiyordu. Bir ölçüde rahatlamıştı. Yağ kandili ışığında yaptığım gece çalışmalarıyla pek ilgileniyordu. Ona göre ben, 'efendi'ydim artık, yaşım küçük de olsa...

"Bravo oğlum, bravo!" derdi.

Yıllar süren aşısı tutmuştu, öğrenmenin tadını almıştım bir kez. Yağ kandilinin ortalığı ise boğduğu bir çalışma akşamında da:

"Kur'an'ı öğrendin oğlum; hesabını kuvvetlendirsin diye de Evangeliki'nin Manolis'i de ders versin mi sana ha, ne dersin?" demişti.

Ertesi gün Manolis'le konuşuldu, bana haftada yarım gün matematik dersi vermesi, biraz da Rum abecesini belletmesi kararlaştırıldı. Konuşmanın yapıldığı günden sonraki ilk pazar günü, öğlen sonrası Evangeliki Teyzelere gittim. Sekiz yıl öğrenim yapmış, Mahmut Ağabeyim yaşındaki Manolis beni bekliyordu. Hemen derse başladık. O gün, ilk kez olarak günümüzde de bilinen, kullanılagelen rakamlarla karşılaştım. Ve o ilk yarım ders gününde, onları yazdık durduk hep. Gelecek haftaki derse kadar evde, kendi kendime, hem rakamlara hem de abeceye çalışacaktım.

Babamın sırf bu iş için aldığı yazbozda gecelerce, kandil ışığında, öğretmenim Manolis'in verdiği ödevi yaptım durdum. Yazdıkça elim yatkınlaşıyor, rakamlar, harfler daha bir güzel oluyordu. Daha ikinci derste, Manolis de gördükleri karşısında şaşkına dönmüştü. Dersini zevkle verir olmuştu. Sözü uzatmayayım, nohutlar, elmalar, fasulyeler, zeytin ağaçları üzerine küçük küçük toplamalar yaptırdı. Bunlar zamanla büyüdü değişti; çıkarmalar, bölmeler yaptırdı. Küçükten büyüğe doğru hesaplar öğretti. Derslerden aldığım güçle, önceki öğrenimimdeki bilgilerime dayanarak tuttuğum babamın hesaplarını yeniden inceliyor, yanlışlarımı buluyordum. Eski hatalarımdan birini bulup çıkardığım bir kezinde, yanımda oturan babamın, kocaman bıyıklarını burar gibi yaparken, gerçekte gözlerinden yuvarlanan iki damla gözyaşını sildiğini fark ettim, bakakaldım yüzüne, "Ne oldu?" gibilerinden. O, gözleri ışıl ışıl, odadakilere belli etmeden dudaklarını uzatarak susmamı işaret etti. İnsanoğlu yaşlandıkça, geçmişi anımsar; yaşlı babamın o geceki iki damla gözyaşı, benim bir şeyler öğrenmemin ona verdiği kıvançtan mıydı, yoksa kendi okumamışlığından kaynaklanan acıdan mı? Bunu bugün bile bilmiyorum.

Cumaları, kandil günleri, evde Kur'an okuyan bendim. Satın alınan büyükçe bir deftere, ürünlerimizden sağladığımız gelirleri ve giderlerimizi ben yazıyordum. Ağabeyimden beş yaş küçük olmama karşın, ailenin tüm büyüklerinden ilgi görüyor, ağabeyimle âdeta eş tutuluyordum. Hele Ablam Nazire'nin tezgâhta dokuduğu rengârenk bir yün battaniyeyi öğretmenim Manolis'e götürüp vermem, ailesinin çok hoşuna giden bir davranış olmuştu. Ücret kabul etmiyorlardı çünkü, komşulukta para olmaz, diyorlardı. Armağan, öğrenimime hız kazandırdı, Rumca abeceyi, okumayı hızla öğrenmemi sağladı. On üçümü doldururken acemice de olsa, kısa bir yazıyı yazabiliyor, yine heceleye heceleye her nasılsa ele geçmiş bir gazete parçasını, Manolis'in kendi ders kitaplarından paragrafları okuyabiliyordum. Vurguları yerinde kullanamadığımda, Manolis, büyük bir sabır ve hoşgörüyle yineletiyor, doğrusunu belletmeye çalışıyordu. Buraya değin anlattıklarım şaşırtıcı gelmesin size, yani köyümüzde yaptığım bu özel eğitimin fazla önemsenmemesi için şunu söylemeliyim: Bana öğretmenlik eden, kasabamızdaki Rum okulunu bitirmiş bir delikanlıydı; bu düzeydeki biri ne verebilirse, o kadarını alabilmiştim. Ama o ortamda o kadar yararı dokundu ki bana bunların, o kadar olur!

Babam, Rumlarla iyi geçinmemiz gereğine inanıyordu. Çünkü, "Padişah Efendimiz öyle istiyor"du.(*) Benim bilmediğim bir 'altmış altı ayaklanması' ve doğumumdan üç yıl önce bir karışıklık olmuştu… Bazı terbiyesiz, başkalarının mallarına konmak isteyen silahlı Rumlar Türk evlerine, çiftliklerine saldırılarda bulunmuşlar, yakıp yıkmışlar, insanları öldürmüşler, diri diri yakmışlardı! Böyle anlatmıştı babam. Haydi

(*) Girit Rumcası'yla: "O Afendimas o Padisahis eçi to theli!"

ben çocuktum, siyaset nedir bilmezdim, fakat yaşını başını almış, kocaman babam da bilmiyordu. Saldırgan Rumlara 'terbiyesiz', 'başkalarının mallarına konmak isteyenler' gözüyle bakıyordu. Kavgacı olmayan iyi niyetli kişiliğiyle olayları böyle yorumlayarak, bize kendi halinde Rumlarla iyi geçinmeyi telkin ediyor, Padişah Efendimiz'in öyle istediğini söylüyordu.

Bu dönemdeydi ağabeyim Mahmut'un kız-kadın ilişkilerini anlamaya, görmeye başlayışım. Esmer, uzun boylu, sağlıklı, on sekizinde bir köy çocuğu tek duramaz. Doğaldı bu. Babamız elbette bunu bilirdi, ama ne var ki ablamız Nazire'yi evlendirememişti henüz. O evlenecek, sıra sonra Mahmut'a gelecekti.

Narların çiçekte olduğu bir ayda kimi şeylerin ayırdına vardım. Bahçe komşumuz Aristidis'in dul karısı Fotini, Mahmut'a baygın baygın bakıyordu hep. Başlangıçta benim anlamlandıramadığım bakışlar... Bir karın ağrısıyla ölen yaşlı komşumuz Aristidis hayattayken, biz küçükler adıyla değil de 'amca' diye sesleniyorduk ona. Dul kalan karısı, fazla konuşkan olmayan, etli canlı, güzelce bir kadındı. Gün boyu çapa yapan, bahçe sulayan, sebze, meyve toplayan, çocuksuz, bahçıvan bir kadın. Komşu bahçıvanın çoktan bıyıklanmış yağız oğlu, kimbilir ne ilgi çekiciydi ki, fırsatını buldukça, bahçemizin sınırına yakın yerlerde işlenip duruyordu. Yorulup terledikçe bağrını açıp, göz ucuyla da bahçemizde çalışan ağabeyimi gözlüyordu. Mahmut'un yüreksizliğinden bıkan kadın nihayet bir gün ona yaklaşmış, koşukla içini dökmüştü. Girit'in koşukları da koşuktu hani...

İnce, uzun esmerim, girsin sevi başına,
Çağındasın artık, değilsin on iki yaşında.

Mahmut Ağabeyimin heyecanından ne yanıt verdiğini duyamamıştım, ama kadın koşuk söylemeyi sürdürüyordu:

Gel değişelim kalplerimizi, al sen benimkini,
Görüp anlayasın, nasıl seviyorum küçüğüm seni.

Sonra onu elinden yakalamış, çekercesine bahçelerinin kulübesine götürmüştü. Yarım saat kadar bir süre geçti. Çevreye kuşkuya bakarak çıkan Mahmut Ağabeyim, bir yandan kuşağını beline sarıyor, bir yandan da terini siliyordu. Bunu izleyen günlerde, haftalarda etrafı uygun bulduğunda, Fotini'nin işaretlerle ağabeyimi çağırdığını ya da elinden tutarak kulübeye götürdüğünü, kimi meyve ağaçlarını siper ederek çok gözlemişimdir. İçgüdüsel miydi, beden gelişmesi miydi, soyaçekim miydi, bilemeyeceğim. Onların o davranışları, kasıklarımda bir fırtına doğururdu. Önümü karıştırıp dururdum hep.

Ağabeyimin kızlarla arkadaşlıkları da yaşıtlarımız oğlan çocukları arasında şöyle biliniyordu: Mahmut kızları çok seviyor. Aslında bir tek benim sezdiğim, gördüğüm o bahçe olayının dışında, onun iki sevgilisi vardı: Ayşe ve Ariadni. Ağabeyimden birkaç yaş küçüktü her biri. Biri Türk, diğeri Rum, iki kız. Bunlarla ne tür bir ilişki içerisindeydi, bilmiyorum. Ancak, birlikte oynadığımız arkadaşlarımızın ağzında sakızdı bu isimler.

"Kardeşin(*) Mahmut, çay başında Ömer'in Ayşe ile konuşuyordu.", "Mahmut var ya Mahmut, geçen gün, gün batımında Ariadnilerin arka kapısından çıkıyordu." gibi sözlerle bana takılırlar, başımdaki takkeyi aniden kapıp, yüzümü kapatırlardı. Tabii bir koşuşturmacadır başlardı. Dizlerin hemen altında biten şalvar bozuntusu kısa pantolonlu çocukların bağırtıları!

(*) Rumcada genel olarak, 'kardeş' sözcüğü kullanılır; büyük de olsa, küçük de olsa.

Ne güzeldi o yıllar! Paradan, benim çocuk ölçülerimle tabii, hemen hiç söz edilmeyen o yıllar; yiyip içmenin, oynayıp

eğlenmenin, üretkenlikle dengeli olduğu yıllar...

O güzel yılların sonunun geldiğinin belirtileri, ilkin babamın yüzünde kendini göstermeye başladı: Daha çatık kaşlı, daha düşünceli... Ben bir anlam veremiyordum buna; annem de, ablam Nazire de nedenini anlayamıyorlardı. Ablam, olan biten yüzünden, evliliği konusunda da endişeliydi.

Annem:

"Meraklanma kızım," dedi. "Senin işin er geç olacak. Yalnız babanızın bu düşünceli hali nedir, hele bir anlayalım..."

Bir akşam yemeğinden sonra, kendiliğinden içini döktü babam. Ocağın önündeki tahta masa toplanırken, yağ kandilini bir kenara itti, Mahmut'a da kalkmamasını işaret etti:

"Benden sonra ailenin büyüğü sensin," dedi. "Söyleyeceklerime iyi kulak ver. Rumlardan Venizelos adında biri ortalığı ayaklandırıyor, bizleri yerimizden yurdumuzdan etmek istiyor!"

Ocağı toplayan anamla, bulaşıkları yıkayan ablam şaşırmışlardı. Babamdan sonra gelen erkek olarak ağabeyim de... Eviyle bahçesi ya da zeytin tarlasıyla evi arasında mekik dokuyan, kahvehane, meyhane nedir bilmeyen, "Padişah Efendimizin emridir," diye Rumlarla iyi geçinmemizi öğütleyen babamıza ne oluyordu? Nereden çıkarıyordu bunları? Kim söylemiş olabilirdi ona?

Köylülerimize yalnızca selam veren, hal hatır soran, ürünler ve hava koşulları üzerine konuşan, kimseyle alıp veremediği olmayan babam, nasıl söz ederdi böyle acı şeylerden? Yerimizden yurdumuzdan atılmak? Bahçe, zeytin tarlası, bu ev bizim değil miydi? Hem nereye giderdik biz? Hepimiz burada doğmuştuk. Bu mal mülk de atalarımızdan kalmıştı babamıza.

Ellerini çarçabuk önlüğünde kurulayarak babamın karşısına geçen annem:

"Tanrı aşkına Ali Ağa, nedir bu söylediklerin?" dedi. "Haftalardır bunun için mi laf etmiyorsun? Hiç olur mu? Nereye gideriz biz? Nerde kalır, ne yer, içeriz?"

"Ben de bunları düşünüyorum ya," yanıtını verdi babam. "Bahçeye, zeytin tarlasına gidip gelirken yolda, köyde, kulak misafiri olduğum Rumların konuşmalarından çıkarıyorum. Kendimi bildim bileli selamlaştığım, konuştuğum insanlar beni gördüklerinde susuyorlar, gittikçe selam vermez oluyorlar Hanım! İyi şeylerden söz etmiyorlar. Barut ve kan kokuyor söyledikleri! Sizler bilmezsiniz, eskiden çok karışıklıklar, adam öldürmeler, yakıp yıkmalar olmuştu olmasına, ama onlar bastırılmış, zamanla kaynaşmıştık birbirimizle. Ayrı dinlerdeniz, fakat yan yana, hatta bir arada, sizler de görüyorsunuz, pekâlâ yaşayabiliyoruz."

Ben dayanamayıp atıldım:

"Bundan sonra yaşayamayacak mıyız baba?"

"Olan bitene bakılırsa, yaşayamayacağız oğlum. Venizelos dedikleri adam, her tarafı ayaklandırıyor. Bu kez eskilerinden de büyük, tüm Girit'i sarsacak bir ayaklanmanın kokusunu alıyorum ben!"

Oysa ben bu soruyu sorarken Aristidis Amca'nın dul karısını, Mahmut'la ilişkileri olduğu söylenen Ayşe ile Ariadni'yi anımsamıştım. Aklımca, onlar ne olacak gibisine... Mahmut Ağabeyim daha akıllı uslu katıldı konuşmaya:

"Biz ne yapabiliriz ki baba?"

Nazire Ablam bulaşığı bırakmış, buğulu gözlerle babamın yüzüne bakıyordu.

"Ben bu evde dünyaya gelmişim çocuklarım," dedi babam. "İkinizin yattığı, girişteki odada... Burada büyüdüm. Zeytin tarlasıyla bahçede çalışarak bu yaşı buldum. Yirmi yıl önce de anneniz katıldı bu eve; hanımım olarak yaşamımın her dalında destek oldu bana, sizleri yetiştirdi. Şimdi bu düzenimizi yıkmak, her şeyimizi almak istiyorlar. Bunları anlatmakla şunu demek istiyorum: Bir şey yapamayız biz. Ancak, canımıza malımıza saldırıda bulunurlarsa, savunmaya geçeceğiz!"

Ağabeyim heyecanla sordu:

"Saldıran olursa, taş ve sopayla mı savunacağız kendimizi?"

Babam anneme döndü, sevecenlikle bakarak:

"Hanım," dedi, "sandıktaki babadan kalma tüfeği, revolveri ve mermileri getir. Mahmut da yardım etsin sana."

Onlar yukarıya çıkarken açıklamada bulundu:

"Siz bilmezsiniz, bu silahlar çok yıllardan beri sandıkta durur. Her yıl çıkarır, siler, yağlar, tekrar sandığa koyarım; sizin evde bulunmadığınız saatlerde. Böyle şeyleri öğrenmenizi istemediğimden... Bir tarihteki ayaklanma bastırıldıktan sonra Padişah Efendimiz, 'Türkler silahlarını saklasın!' demiş, dedem de saklamıştı. Babamdan da bana geçti. Ecdad yadigârı işte."

Nazire Ablam ise eniştem olacak bakkal Arif'ini düşünüyor olmalıydı ki, babamın duraklamasından yararlanarak sordu:

"Nereye varır bu işin sonu?"

"İş dallanıp budaklandı," yanıtını verdi babam. "Çok sıkıntı çekeceğe benzeriz. Rahmetli babamdan dinlemişimdir, cetlerimiz Venetianlardan(*) almışlar buralarını, Rumlardan değil. Sonra Rumlar gelmiş, gelmiş, üremiş, üremiş... O kadar ki biz azda kaldık. Venizelos adındaki ayaklanmacı genç

(*) Venedikliler.

mi genç bir adammış. Venizelos'un 'Türkler dışarı!', 'Türkleri öldürün!' laflarıyla saldırmalar, öldürmeler başlamış bile."

Bu sırada, annem ve ağabeyim, ellerinde iki silah ve bir torba mermiyle yukardan indiler, ellerindekileri masanın üstüne koydular. İlk kez silah görüyordum. Babam, onlara oturmalarını söyledi. Revolver dediği küçük silahı aldı, ucunu yere doğru tutarak, torbadan çıkardığı mermileri tek tek ve özenle yuvalarına yerleştirdi, sonra da silahı belindeki kocaman kuşağın arasına soktu.

Tekrar konuşmaya başladığında, sesi titriyordu sanki:

"Bundan böyle kuşağımda ya da belli olmasın diye, bahçeye, tarlaya giderken azığımızı koyduğumuz torbada taşıyacağız. Gece de yastığın altında duracak. Şu tüfek de kapının arkasına asılsın, evin güvenliği için orda dursun hep. Mermilerini de torbasıyla aynı çiviye takın."

Babamın revolveri beline sokuşunu heyecanla ve nemli gözlerle izleyen annem:

"Böyle yaşanır mı Ali Ağa?" dedi. "Ne kadar sürer bu?"

"Elbette yaşanmaz. Çok da sürmez. Bir çözüm bulunana dek kendimizi korumak zorundayız."

"Nasıl bir çözüm?"

"Bilir miyim ben Hanım? Bana göre, insanların arasına giren, bölücülük yapan Venizelos Rumu'nun yakalanarak cezalandırılması gerekir. Eski güzel, uyumlu yaşantımız başka türlü sürdürülemez. Boşuna mı bunca yıl ben, silahları sizden gizledim? Kötü şeyler öğrenesiniz istemedim. Rumlarla fena mı geçiniyoruz? Hasan'a hesap ve okuma yazma dersleri veren oğlan, Evangeliki'nin Manolis'i değil midir? Birbirimize yardım etmemizin, saygılı olmamızın bundan güzel örneği olabilir mi?"

Hepimiz şaşkın ve suskunduk; o sürdürdü sözlerini:

"Her neyse. Molla Mavruklara da haber salalım, aymazlıktan silkinsinler. Demek istiyorum ki mallarımızı almak, bizleri de kapı dışarı etmek amacındalar. Venetianların çocukları gelip bunları yapsa, haklarıdır, yurtlarından kovduk onları. Fakat bizler gibi göçmen olan, hem de bizden sonra buralara yerleşen Rumların yapması büyük haksızlık! Bu nedenle, yani canımıza zarar gelmeden terk edeceğiz burayı!"

Anam yineledi sorusunu:

"Peki ama Ağam, nereye gideriz biz? Nice olur halimiz?"

"Kuzeye doğru çıkacağız Hanım," dedi babam. "İmam' dan duyduğumuza göre Türklerin toplanacağı, Kissamu, başkent Hanya gibi yerler. Başkent Hanya'ya ya da oralara yakın bir yere yerleşirsek, anayurt Anadolu'ya, çaresiz kalırsak tabii, bir yelkenliyle ulaşılabiliyormuş. Yelkenli büyük tekneler Girit ile Anadolu arasında gidip geliyorlarmış. İşler yatışırsa gitmez kalırız, belki okul da bulunur Hasan'a."

'Anayurt', 'Anadolu' ve daha önceleri duyduğum 'Amasya', 'Konya' gibi sözcükler art arda kafamdan geçiyor, o akşam duyduklarımla, dinlediklerimle birleşince heyecanlanıyordum. Bilinmeyene karşı duyulan korkuyla karışık, anlama, kavrama çabası gibi bir şey. Önceki yıllarda gördüğüm karabasanlar, bugünlerin habercisi miydi acaba? Evimizin üst katı, kocaman tabutlarla dolu olurdu, kimisi dikey, kimi yatay. Ter içinde, korkuyla uyanırdım! Anadolu'ya 'Küçük Asya' derlerdi. Büyülenmem, heyecan duymam belki bir anakaraya iki ayrı isim verilmesinden kaynaklanıyordu.

"Baba, Anadolu'yu anlatsana bize."

Bir süre konuşmadı, düşündü. Sonra eliyle başımı okşayarak:

"Bilmiyorum oğlum," dedi, "ben de bilmiyorum. Atalarımız oradan gelmişler buraya. Uzun yıllar önce... Ben, sizler gibi burada doğdum. Hiç gidemedim oraya. Toprağı bereketli, zengin bir ülkeymiş, ama çok da soğuk olurmuş. Öyle ki, bizim burada, 'Git soğuğun ne olduğunu Anadolu'da gör!' derler. Koşullar gerektirirse doğallıkla oraya gideceğiz. Atalarımızın yeri ne de olsa."

Babamın o gece anlattıklarından, gördüğümüz silahlardan sonra, hepimiz tedirgindik. Örnekse, ben, Manolis'i öteki Rumlar gibi görmek istemiyordum; okuyup yazmayı, hesabı o öğretti bana, diyordum kendi kendime. Onlar gibi düşünseydi öğretmezdi, belki de aşağılardı. Sonra karşı komşumuz Hilmi ne olacaktı? Doğuştan kör ve şişman olmasına karşın, çay kenarına kadar gezmelerimize katılan, topladığımız yaban ürünlerine, ekşi bitkilerimize ortak ettiğimiz Hilmicik ne olacaktı burada? Hoş, anne-babası vardı var olmasına, fakat bizsiz ne yapar, nasıl gezebilirdi? Ya Aristidis'in bahçe kulübesinde Mahmut'la gizlice buluşan tombul Fotini'nin hali ne olurdu? Ne gariptir, bu ateşli kadının ağabeyimle buluşmalarını izlediğim bir günde, kasığımda baş gösteren bir fırtınayla erkekleştiğimin zevkine, şaşkınlıkla varmıştım. O olayın, o kadının yarattığı etki yaşamım boyunca sürmüş, hep canlı kanlı kadınların peşinde koşmuşumdur.

Babam, ilkin zeytin tarlamızı satışa çıkardı. Rumlar bir süre çekimser kaldılar; fiyat vermediler, alımkâr olmadılar. Öyle ki babam daha da çöktü, karamsar oldu. Yerimizden yurdumuzdan edileceğimiz havası yaygınlaşıyor, beri yandan yaşamımızı sürdürmek için ata yadigârı zeytinliğimizi satıp savma olanağı da bulunamıyordu. Gideceğimiz yeni yerde, Tanrı, peygamber aşkına besleyecek değillerdi bizi; geçinmemiz, ev tarla edinmemiz için paraya gereksinimimiz vardı. Sonuç olarak, babama sevgisi, saygısı olan –yalnız babama mı, hepimize– kadınlı erkekli Rumların araya girmeleriyle, alıcılardan biri, ederinin çok altında bir fiyatla zeytinliğimizi aldı. Evangeliki Teyze ile oğlu Manolis, bu konuda çok çaba harcadılar. Hele hepimizi bir öğlen yemeğine alıp da, tedirginliğimizin nedenlerini babamın ağzından dinledikten sonra, daha çırpınır oldular. Yaşamı boyunca iyi bir insan olmasının ürünlerini topluyordu babam. Bir saygınlık oluşturmuştu çevresinde. "Ali Ağa gibi ermiş bir adamı dövmeyi nasıl düşünürsün, onu nasıl buradan kaçırtmaya çalışırsın? Olacak iş değil!" diyerek kendi aralarında konuşan bir Rum topluluğuna kulak misafiri olmuştu ağabeyim. Meyhaneci Manusakis bile, hiçbir zaman müşterisi olmamış bu adama yardıma gelmişti. Zeytinlik komşumuz Kir Kosti'yi, bahçemizi satın almaya o zorlamıştı.

Kir Kosti, aslında başka türlü düşünüyordu:

"Ali Ağam," diyordu, "sen saygıyı hak eden bir insansın. Köyümüzde, adamızda ne olursa olsun, kimse sana, çocuklarına zarar vermez. Gel şu güzel komşuluğumuzu bozma. Bugüne değin bir zeytin tanesi kadar zararımız olmadı birbirimize, tersine yardımlaştık hep. Ağam, gel dinle beni, bozma çiftini çubuğunu."

Babam bu duygusal sözler karşısında, koca bıyıklarına kadar süzülen gözyaşlarını iri avuçlarıyla saklıyor, siliyor, fakat kararından dönmüyordu. Zeytin tarlası yok pahasına gitmişti, bahçeyle ev de öyle elden çıktı. Kir Kosti bahçeyi, meyhaneci Manusakis de dul kızı için evi aldı. Süre söz konusu değildi, hazırlıklarımızı yapıp gidene kadar, evde oturabileceğimizi söylediler.

Fazladan bir araba, iki de katır satın alındı. Kendimiz ve eşyalarımız ancak sığabilecektik. Götürülebilecek nitelikteki eşyaları annemle ablam derleyip topluyorlar, babamla ağabeyim denk yapıyorlardı. Babama göre, üç günlük yolumuz vardı. Kissamu bölgesine, kuzeye çıkacaktık; Türklerin daha çok, daha sık oldukları kesime. Hem adanın başkenti Hanya'ya, hem denizaşırı da olsa bir ölçüde anavatan Anadolu'ya, Küçük Asya'ya yakın olacaktık. Annem öteberiyi toplarken, kimi zaman sessiz, kimi zaman hıçkıra hıçkıra ağlıyordu. Babamsa çok sessiz bir şekilde denkleri topluyor, bağlıyor, arada bir buğulu gözlerle evi arşınlıyordu.

Bu yıkımımızı katmerleştiren büyük acı, göç hazırlıklarının sürdürüldüğü bir akşam vakti, bir örgünün kaçığı gibi kendini gösterdi, ama biz bilemedik, bilemezdik; kimse bilemezdi.

Ağabeyim Mahmut, akşam sofrasına yakın bir saatte evden çıktı, köyde bir dolanıp gelecekti. Sofra kuruldu, gelmedi. Kendimi bileli, ilk kez oluyordu böyle bir bekleyiş. Tümümüzün vaktinde sofrada bulunması, evimizin başta gelen yasalarındandı. Bu yasaya nasıl karşı çıkardı ağabeyim? Hem de çiftimizi çubuğumuzu bozduğumuz, anamızla babamızın yıkımdan darmadağın oldukları bir dönemde...

Yemeden bekleyiş, uzadıkça uzadı. Dayanamayan babam çıktı köyde aradı onu. Bulamadı. Rastladığı tanıdıklarına sordu, görmedikleri yanıtını aldı. İlk saatlerdeki sessiz sinirli bekleyiş, korkuyla karışık kuşkulu bir bekleyişe dönüştü. Ablam Nazire'yle bir köşeye çekildik. Annemle babam, gözleri yere çakılı, sessizce iskemlelerinde oturuyorlardı. Ben uyuyakaldım.

Hızlı hızlı çalınan kapının gürültüsüyle uyandığımda, gün ışımıştı artık. Ben daha ablamın dizinden kalkarken, babam çoktan fırlamış,

"Kapıyı aç Ali Ağa, benim, Kosti!" diyen sesin sahibini içeri almak için, kapının arkasındaki ağaçtan yapılmış desteği çekiyordu.

Bahçemizi satın alan eski zeytinlik komşumuz Kir Kosti,

açılan kapının eşiğinde, sapsarı bir yüzle, ne diyeceğini bilemez bir halde duruyordu.

Babam heyecanlı, gözleri fırlamış:

"Hayrola Kir Kosti!" dedi, "Mahmut'umuzu gördün mü yoksa!"

Durgun Kir Kosti'nin sesi titriyordu:

"Oğlun... oğlunuz... sizlere ömür!"

O yıkımlı sabahın belleğimde kalan tablosu, babamın, Kir Kosti'nin mintanına yapışan kocaman elleri, annemle ablamın feryatlarıydı!

Hemen girişteki kocaman ocağın önündeki masada, akşamdan tabaklara konmuş yemekler olduğu gibi duruyordu. Ailenin, akşam yemeklerini hep birlikte yeme göreneği yıkılmış, bu yıkılış, sırım gibi bir delikanlıyı da beraberinde götürmüştü!

Bir cuma sabahı, gün ağarırken yola çıktık.

Köyde kalmakta direnen Türklerden bir grup insanla, Rum komşularımız uğurlamaya geldiler bizi.

Şişman Hilmi'yi annesi elinden tutuyordu. Erkekler babamla sarmaş dolaş oldular. Annemse sürekli ağlıyor, Mahmut Ağabeyimin mezarını, sıkı sıkıya Evangeliki Teyze'ye emanet ediyordu:

"Sen varsın ya Evangeliki Hanım, gözüm arkada kalmıyor. Seyrek de olsa, arada bir Manolis'i oraya yollarsın sen. Ellerime doğmuş olmanın hatırına, yapsın bu dileğimi."

"Yolunuz açık olsun," diye yanıtladı Evangeliki Teyze. "Gittiğin yerde de iyi bir ev kurmanı dilerim. Günün birinde de bu yana gelecek olana rastlarsanız, halinizi mutlaka bildir bana."

Hele annemin, öndeki arabaya, babamın yanına çıkarken

bir kez daha sarıldığı Evangeliki Teyze'ye, gözleri yaşlı olarak yüksek sesle söylediği bir koşuk, uğurlamaya gelenleri de ağlattı:

Bahtımın yazgısıdır buna katlanmam,
Yerimde doğup, yabanda kocamam!

Oğlu Manolis'in kolundan kurtulan Evangeliki Teyze ise, arabalarımızın ardından bağıra bağıra, kollarını sallayarak annemi teselliye çalışıyordu:

"Sabırlı ol Zeynep Hanım!... Zamanı gelecek, biz yalın insanlar buluşup birleşeceğiz!..."

Uzun yıllar sonra oturmuş bunları yazarken, katırların çektiği arabalarla uzaklara, bilinmeyen yerlere gidecek olmanın doğurduğu çocuksu heyecan içinde belleğime yerleşen o tümce, Evangeliki Teyze'nin umut dolu esmer uzun yüzüyle tekrar canlanıyor kafamda: "Zamanı gelecek, biz yalın insanlar buluşup birleşeceğiz."

Çıkarcılar, çıkarcıların aptalca destekçisi kimi din adamlarıyla politikacıların uğraşları birleştirmedi bizleri. Tersine daha da ayırdı.

Daha o yıllarda 'teyze' dediğime göre, yaşı nedeniyle çoktan dünyadan göçmüş olması doğal olan Evangeliki Hanım, göremedi böyle bir birleşmeyi. Ben de göçmek üzereyim, göremiyorum. Gelecek üç-beş kuşağın da göreceğine inanmıyorum. Ama önemli olan, Girit köylüklerinden bir Rum kadınının, ailesinden sadece oğlu okuryazar bir köylü kadının, buluşup birleşme zamanının geleceğini düşünebilmesi, duyabilmesi, küçük de sayılsa, bir topluluğun içinde bunu haykırabilmesiydi.

• • •

Ben öndeki arabadaydım. Annemle babam arabanın önünde, ben en arkasında, sırtım denklere dayalı, arka kapak üstünde oturuyor, bir yandan da ayaklarımı sarkıtıyordum. Hemen arkamızdaki arabada Nazire Ablam ile Arif Eniştem vardı. Ailemizin yakın dostu, çocuksuz bir karı-koca, kuzguni siyah tenli Molla Mavruk ve karısı Cemile Teyze de üçüncü bir arabada, bizimle birlikte gelmekteydiler. Felaketin kokusunu onlar da almış, babamla konuşarak hazırlıklarını yapıp kervanımıza katılmışlardı.

Ağabeyim Mahmut'un cesedinin evimize getirildiği günden sonra, iki ay daha kalmıştık köyümüzde. Evimizi satın alan meyhaneci gelmiş, yasımız süresince kalabileceğimizi söylemişti babama.

İmam Şerif Efendi, ağabeyimin cenazesini hazırlarken sol memesi üzerindeki bir morlukla, incecik bir kandan kuşkulanarak baktığında, uzun bir iğnenin oraya sokulmuş olduğunu görmüş. Yani, uzun bir iğne ta kalbine kadar itilerek öldürülmüştü ağabeyim! Fakat kim, niçin, nasıl yapmıştı bunu? Bir türlü bulamadık. Çocuk olarak ben, imrenek sevdiğim ağabeyimi kaybetmiştim, ama annemle babam için durum çok farklıydı, ikili yıkıma uğramışlardı: Hem köklerinden sökülüp atılıyorlar, hem de yetişkin oğullarını, hiç unutamayacakları bir biçimde kaybediyorlardı.

Büyük acının üstünden kırk gün geçtikten sonra, hem ablamı, hem aileye katabileceği bedensel gücü düşünerek, bakkal Arif'i damatlığa, kendilerine göre evlatlığa aldılar. Arif Eniştenin kimsesi yoktu. Köyün imamı nikâhlarını kıydı. Yola çıkana dek evimize yerleşti. Ama bir gerçeği de eklemem gerekiyor: Ağabeyimin öldürülmesi ve göç gibi büyük acılar peş peşe gelmeseydi, bu evlilik bu kadar da çabuk gerçekleşmeyecekti. Annemle babamın durgun, ağlamaklı halleri olmasaydı, zavallı ablam daha mutlu olacaktı. Ne var ki üzüntülü olmasına karşın, yine de belirgin bir canlılık kazanmıştı ablam. Artık hiçbir şey düşünmüyor, koşturuyor, koşturuyordu…

III

Üç arabadan oluşan kervanımız, daha yarım saatlik bir yol almış almamıştı ki, atlı ve silahlı beş Rum yanıbaşımızda bitiverdi.

İçlerinden biri silahını göğe doğru kaldırarak:

"Ali Ağa!" diye haykırdı. "Tüm saltanatınla gidiyorsun! Sizinkiler Kissamu'da değil, burada, yakın yerde, Kandano'da toplanıyorlar. Öbür yer uzak, burası yakın. Yolda başına bir şey gelmesini istemiyorsan, Kandano'ya çevir arabalarınızı."

Geldikleri gibi hızla uzaklaşıp yok oldular. Hepimiz şaşırmıştık. Babamın adını da, nereye gitmekte olduğumuzu da biliyorlardı!

Babam bizleri topladı, durumu değerlendirdi:

"Her şey çok büyük bir fırtınanın habercisi. Bu gelenler bizi öldürebilecekken yapmadılar, 'Uzağa gitmeyin, daha yakın olan Kandano'ya gidin,' diyorlar. Üç günlük yol yerine, bir saatlik olanını öğütlüyorlar, gidelim bakalım. Tanrı yardımcımız olsun!"

Bir başka yönde, bir saatlik bir yol daha teptik ve öğlenden önce Kandano'ya vardık. Daha sonraları, "Varmaz olsaydık, keşke köyümüzde kalıp orada öldürülseydik!" diyeceğimiz, bize kırk olağanüstü kötülükte gün yaşatan Kandano!... Bizi öksüz, sefil bırakan Kandano!...

Kandano sınırında bu kez, Türk silahlıları durdurdu bizi; kimdik, nereden geliyorduk, savunma için silaha gereksinimleri vardı, getirmiş miydik?

Babam, iki dengin arasına sıkıştırmış oluduğu tüfeği ve kuşağına soktuğu revolveri gösterdi. Önümüze düşerek yol gösterdiler, arabalarımızla kasabaya giren yollardan bir tanesini bize kapattırdılar; Türk'ün dışında kimseye geçit vermeyecektik! Molla Mavruk da babasından kalma bir tüfeği yanında getirmişti getirmiş olmasına, fakat silahtan korkan, silah kullanmayan bir insandı. Tüfeğini Arif Enişte'ye verdiler. Benim ailem de Molla Mavruklar da, yaşamak için öldürmek ya da öldürmek için yaşamak gibi bir vahşeti insana yakıştırmayan, anlamayan, kabullenemeyenlerdendi. Kısacası tümü, öldürmeye de ölmeye de karşıydılar.

Girdiğimizde hemen anladık ki, oturanları tümüyle Türk olan bir yerdi burası. Etraftaki köylerden bizim gibi gelenlerle yedi yüz elli-sekiz yüz kişi toplanmıştık. Türklerle birlikte burada yaşayan on beş-yirmi Rum aile, son haftaların ayaklanma haberleri üzerine, burayı terk etmiş, Rumların daha yoğun oldukları yerlere taşınmışlardı. Onlar aynı sınırlar içinde az öteye giderek yer değiştirmiş oluyorlardı. Bizlerin durumu öyle miydi ya! Başta Venizelos, sonra da silahlı, göz kırpmadan adam öldüren yandaşları bize, "Türkler dışarı!" diyerek, saldırıya hazırlanıyorlardı. Hatta hazırlık ne demek, mallarımızın bazen parasız, bazen de yok pahasına alınması, göç etmemize çanak tutulması, kovalama planlarının uygulamaya konulduğunun açık kanıtlarıydı.

Biz arabalardan çıkarılan battaniye ve hasırlarla arabalarımızın yanlarına çadır kurma, yakınlarımızdaki ağaçların altlarında katırlara yer bulma telaşındayken, kendini Hacara Hasan olarak tanıtan, kısa boylu bir adam geldi yanımıza. İsminin başındaki takma adın 'hançerci' anlamına geldiğini, kendisinin ateşli silah yerine, Girit'te yaygın olan hançeri kullandığını söyledikten sonra, Kandano ve orada toplanan Türklerle ilgili bilgiler verdi bize.

"Ben buralıyım," dedi. "Sizler gibi köylerden kaçarak gelenlerle birlikte, sekiz yüz dolayında insan var şu anda. Çok önemli bir haberi de vereyim size: Vassos adlı bir subayla on yedi bin asker gönderilmiş Yunanistan'dan, buradaki, Girit' teki silahlı Rumlarla birleşmek üzere. Bunların bir bölümü de bu yana gelmekteymiş!"

Babam duyduklarına inanamadı.

"Deme yahu!" dedi. "Hacara, bunları sen uydurmuyorsun herhalde! Peki, biz ne yapacağız şimdi?"

Hacara, babama oranla pişkin ve katı, üstelik bilmiş bir tavırla:

"Şu anda yapacak bir şey yok Ağam," dedi. "Fakat yine de siz siz olun, tüfeklerinizi yanınızdan ayırmayın!"

"Padişah Efendimiz herhalde imdadımıza yetişir."

"Şu sıra işleri başından aşkın olacak ki, sesi duyulmuyor Ağam!"

Bu yanıt şaşırtmıştı bizimkileri, Padişah en büyük güçtü, bizleri böyle bırakmazdı. Hem sonra bir karış boyuyla, belinde iki hançer taşıyan adam, Padişah Efendimiz'den nasıl böyle söz ederdi! Donup kaldılar...

Hacara cin gibi bir adam; bizimkilerin yüzlerinden ne düşündüklerini okumuş olacak, sürdürdü konuşmasını:

"Geçenlerde Hanya'ya gideceğim tuttu, iki gün zor kalabildim. Oradakilerin de rahatı yerinde değil. Rum'un böyle azgınlaşmasına neden, Padişah Efendimiz'in donanmasının zayıflığıymış; öyle diyorlardı. Bilir miyim ben! Belimdekilere gelince... Hançerim bir tanedir, yüz yüze vuruşmakta kullanırım. Bir de kamam var. Tüfek kullananlar tüfeği doğrultana kadar, ben karşıdan fırlatır bitiririm işimi! Eh, epey konuştuk ağalar... Bildiklerimi söyledim. Yalnız bundan sonra işimiz zor! Haydi sağlıcakla kalın."

Hacara gitti, ardında da bir yığın tasa bıraktı.

Düzenli ve üretken bir yaşantıdan sonra, çadır yaşamı hepimizin ruhsal dengesini bozuyordu. Ağabeyimin çok acıklı kaybı da işin tuzu biberi oluyordu. Hayvanlarımızın ağaçlar altında sahipsiz kalmaları, bizlerin küçük çadırlarda korkuyla bekleşmemiz, en doğal gereksinim için hendek içlerine koşturmamız, dayanılır gibi değildi.

Hacara'nın söyledikleri, beş tasalı günden sonra bir akşam vakti gerçekleşti: Binlerce kişilik silahlı bir Rum kuvveti, Kandano'yu çepeçevre sarıverdi! Topları bile vardı! Ne çabuk ayırdına varıldı, ne çabuk yayıldı haber! Evlerin pencerelerinden, kapı aralarından, yolları tutmuş arabalardan, köşe başlarından, evlerin çatılarından, baca kenarlarından biz Türklerin namluları kendilerini gösteriverdi. Fakat ne onlardan ne de bizimkilerden kimse tetik çekmedi.

Kasabada gece boyunca bir gazyağı lambası, bir yağ kandili yakılmadı; koyu bir karanlık çöktü. Sessizlik ise insan kulaklarını duyarsızlaştıracak kadar ağırdı sanki. Silahtan korkan ailemle Molla Mavruklar, heyecandan turşu gibiydiler. Hele karı-koca Mavruklar, karalıklarıyla gecenin karanlığı içinde ayırt edilmez oluyorlardı. Babam, tüfeği, arabanın tekerlekleri arasından karanlıklara doğru tutuyordu, ağlamaklıydı koca adam. Eniştem Arif, tüfek tutmada daha kararlı, daha dikkatliydi. Yanı başında ablam Nazire duruyordu.

Gecenin korku ve tedirginliği, tek silah patlamadan sabaha dek sürdü. Günün ışıması, ölüm sessizliğini bozdu. İnsanlar günle birlikte güç kazandılar. Tedirginliğin yerini, kasabayı baştan sona saran bir uğultu aldı. İnsanlar, geceyi nasıl bir bekleyiş içerisinde geçirdiklerini birbirlerine anlattılar, kuşkularını dile getirdiler.

O konuşmaların uğultusunu, kasaba alanına kulakları patlatırcasına madeni bir gürültüyle düşen bir obüs mermisi kesti! İki kişi, hemen oracıkta can verdi, birinin de dizinin altından ayağı parçalandı. Ölümle karşılaşma paniği, giderek isyanı doğurdu. Bireysel kavgalar, öldürülmeler ve kovalanmalardan sonra sığındıkları bu yerde de ölümle karşılaşmaları çıldırttı bizimkileri. Kimi, bunları yapanları Tanrı'ya havale ediyor, kimi babam gibi, "Padişah Efendimiz'in askerleri gelip cezalandıracak bunları," diyor, kırmızı fesli, tüfeklerine süngü takmış askerlerin her an çıkageleceğini düşlüyor, kimi silah ve yumruğuna güvenerek, "Biz size göstereceğiz pis palikaryalar!" diyerek bas bas bağırıyordu.

Düşman ilk uyarısını yapmış oluyordu. Yalnız, bu uyarıyı yorumlama güçlüğü vardı: 'Defolup gitmezseniz, hepinizi böyle öldüreceğiz!' mi demek istiyorlardı, yoksa, 'Sizi, gördüğünüz gibi çepeçevre kuşattık, sonunda, susuz yiyeceksiz kalıp kendi kendinize öleceksiniz!' bildirisi miydi bu?

Bağırıp çağıranlara, ölenlerin yakınlarının ağlamaları, çığlıkları karışıyordu. Delikanlılık yolunda olan ben, merakla kalabalıklar arasında dolaşırken, Hacara ile karşılaştım.

"Adaşım," dedi, "sen bu acılı yerde dolaşacağına, babanın yanında otursan daha iyi edersin. Bu gördüklerin sana göre değil."

Cevabım Hacara'da bir duraklamaya neden oldu:

"Ağabeyimin öldürülmesinden sonra bana bir şeyler oldu amca, üzülüyorum ama, fazla değil."

“Bak evlat,” dedi, “Birden o kadar katı olma. Deneyimlerin, gördüklerin çoğalsın, yaşın ilerlesin, o zaman belki birazı yakışık alır. Fakat şimdi?...”

Ölülerin gömülmesini izleyemeden, bizimkilerin yanına dönmek zorunda kaldım. Hacara daha sert çıkabilir ya da hiç değilse babama duyurabilirdi. Bu da babamın üzülmesine yol açar, dolayısıyla bana verdiği değeri, çok az da olsa zedeleyebilirdi.

Rum kuşatması kasabanın epey dışından başlıyordu. Çok uzağa dikkatle bakıldığında, Rum çeteleri ancak fark edilebiliyordu. Bundan cesaretlenen annem, ablamla beni yanına alarak, köyün hemen etrafındaki tarlalarda ot toplamaya çıktı. İki günde, kuru yiyeceklerden içimiz kurumuştu. Kış mevsiminin otlarından, karışık olarak koca bir torba doldurduk; ama her an patlayabilecek bir tüfeğin korkusunu duyarak, çabuk çabuk!

Akşam alacasında, sabahki gibi madeni bir gürültü geldi, bu defa cami avlusunda patladı. Ama herkesin, evine sığınmış, silahını düşmana doğrulttuğu yere gitmiş olması nedeniyle, kazasız belasız atlatıldı. Bunun üzerine birileri çıktı, koştura koştura evlere, köşeleri tutmuş tüfeklilere, hendekler içinde silahlarıyla nöbet tutanlara, arabalarıyla yolları tutmuş olanlara bir şeyler söylemeye başladı. Bu koşturmaca, bu haberleşme bir baştan bir başa kasabayı dolandı, bize kadar geldi: Hacara adlı biri, sabahleyin obüs mermisiyle ölenlerin öcünü almak için, yanına sadece bir kişi olarak, düşman hatlarına sokulup bıçak atarak düşman öldürecekti. Düşmanın ani tepkisine karşı hazırlıklı olunması isteniyordu.

Kuşatmanın bu ikinci gecesi, gündüz iki obüs mermisinin düşmesi, iki ölü, bir ağır yaralının bulunması ve Hacara’nın düşman hatlarına kadar sürünerek gidip Rum öldürmeye çalışacağı haberiyle, çok korkulu ve heyecanlı geçiyordu. Kış gecesinin serin havası, korkuyla, heyecanla birleşince, kimimizi gizliden gizliye ince bir titreme almıştı. O kadar ki, tek tük de olsa, bazıları üstten, bazıları alttan, içini boşaltmak için hendek içlerine, ağaç altlarına gider olmuştu. Fazla uzağa gidilemiyordu, çünkü Rumlar tenhada kıstırdığı Türk'ü, kafasını gövdesinden ayırarak öldürüyordu. Bu korkunç cinayetleri işleyenler, Rum çetelerinin başlarıydı ve bunlara 'kapetan' diyorlardı. Kapetan Frangiskos, Kapetan Kamaryanos, bu kuşatma yerinde duyduğum ünlü kanlı çetelerin başlarıydı. İnsan doğramak, onur duyulacak bir işmiş gibi! Ailemin hiçbir bireyi bu vahşeti anlamıyordu. "Bir arada güzel güzel yaşıyorduk, neden bu vahşet?" diyorlardı. Yol arkadaşımız Molla Mavruk ile karısı Cemile Hanım Teyze de aynı anlayıştaydılar. İkisinin de siyahî oluşunun bir etkisi var mıydı bunda? Kimbilir... Bildiğimiz, duygusallıkları ve silahtan korktuklarıydı. Karıncayı bile ezemeyecek kadar yumuşak insanlardı onlar.

Sekiz yüz dolayındaki insana karşı, toplu tüfekli, sayılarını bilmediğimiz kadar Rum eşkıya... Tedirgin bir bekleyişle gece yarısından sonrasını bulduk. Çok uzaklardan birkaç tüfek sesi duyuldu, sonra geceyi yırtarak gelen madeni bir gürültünün ardından, yakınımızdaki caminin yıkılan duvarının sesi! Bunlar, bir anda ve peş peşe meydana geldi. Ardından bir obüs mermisi daha! Önce patlamayla birlikte yıkılan duvar sesi gelmişti kulağımıza, sonra patlamanın yanı sıra canhıraş feryatlar! İnsanlar yardıma koştu. Bu kez bir kişi parçalanarak ölmüştü, aynı evden üç de yaralı vardı! Sabaha karşı Hacara, bizim çadıra geldi. Bizimkiler, sürekli tüfek tutmanın, uykusuzluğun ve top mermilerinin doğurduğu heyecan ve korkuyla bembeyazdı. Hacara:

"Hem yorgunum, hem de aç," dedi.

Babam:

"Anlatmayacak mısın?" dedi. "Meraktan çatlayacağız. Senin düşman hatlarına gideceğini duymuştuk, gittin mi? Anlat."

Annem, toplamış olduğumuz karışık otlarla yaptığı yemekten bir tabak ve artık kurumaya yüz tutmuş ekmeğimizden de bir dilim, Hacara'nın önüne koydu. Yere, toprağa bağdaş kuran bu gösterişsiz adam, zeytinyağıyla pişirilmiş yemeği büyük bir iştahla yedi. Sonra, elinin tersiyle ağzını silerken:

"Ağam," dedi, "çocuğun, hanımların yanında konuşturma beni. Gittik. Yanıma, dönüşümde tanıklık etsin diye de birini aldım. Bize verilen bıçakları, gece karanlığında bile yerinde kullandık. Daha doğrusu ben kullandım, çünkü bana arkadaşlık eden adamcağız heyecandan ölüyordu az kaldı. Bu kadarını söyleyeyim, yeter size. Beş bıçak, tam isabetle beş silahlıyı ebediyen susturdu. Biz uzaklaşıp ovaya indiğimizde, farkına varıp silahları ateşlediler, iki de top attılar, ama nafile. Biz düze inmiştik."

Babam karamsar:

"Bak Hacara," dedi, "bunlar iyi şeyler değil. Geldiler, top mermisiyle bizden insanlar öldürdüler. Sen de intikam almak ya da ödeşmek için gittin, öldürdün. Bu kez onlar, yine top ateşiyle insan öldürdüler, çok sayıda insanı da ağır yaraladılar. Oysa birbirimize saygılı, gül gibi geçinip gidiyorduk. Şimdiyse onlar kovalıyor, bir yandan da öldürüyorlar. Buna karşılık biz de öldürüyoruz. Pekiyi, sonu nereye varacak bunun, hiç düşündün mü?"

Arif Eniştem lafa karıştı:

"Birilerinin işlediği günahı bizler mi ödüyoruz acaba?"

Babam:

"Ben de düşünüyorum evladım," dedi. "Okul yüzü görememiş, zeytincilik ve bahçıvanlıktan başka bir şey bilmeyen ben, Ali Ağa, ne diyebilirim ki? Biz sade insanlarız. Yalnız, bir şey bildiğimden değil de, aldığımız terbiye, senin az önce sorduğunu bana da sordurup duruyor: 'Neyin günahını ödüyoruz biz?'"

Molla Mavruk girdi araya:

"Bizim Türkler de, Avrupa denilen, insanların tümünün gâvur olduğu yerlere sefere giderken, bazı günahlar işlemişlerdir belki, kimbilir! Hani olur ya, bir şeyler yapmış olurlar, biz çekeriz..."

Hacara:

"Onu bunu, bilmem ben," dedi. "Anlattıklarınızdan da bir şey anlamış değilim. Bu dünya, etme bulma dünyasıdır, bunu bilir, bunu söylerim. Yaparlarsa yaparız!"

Bu diklenme karşısında babam:

"Hacara Efendi," dedi, "söylediklerimizin hepsi de kolay anlaşılır şeyler. 'Kim başlatmışsa başlatmış; durdurulsun, geçmişe sünger çekerek barış içinde yaşayalım,' demek istiyoruz. Anlaşılmayacak bir şey yok bu söylediklerimizde. Geçmişte kalmış acı olaylar varsa, barış için, her iki taraf da unutsun, diyoruz."

Hacara, kendi görüşünden şaşmıyordu:

"Siz böyle düşünedurun. Yunan ile Rum'un şımarmasından, Padişah Efendimiz'in de uyuşukluğundan bezen Ruslar, İngilizler, Fransızlar ve İtalyanlar, Hanya'ya savaş gemileri yollamışlar. Ada Rumları, Yunan'ın da desteğini alarak Hanya'dan başlayıp tüm adayı kapsayan isyanı başlattılar. Buradaki kuşatma da o işin uzantısı. Bu dört büyüklerin savaş gemileri Rum'u güya durduracakmış. Laf! Biz güçlü olursak durur ancak isyan."

IV

Saatler günleri, günler haftaları izlemeye başladı. Kurşunları vınlayarak geçen, bazen öldüren, "Bakın biz buradayız haa!" dercesine patlayan silahların sesleri; bazen her gün, bazen günaşırı atılan top mermilerinden ölenler…

Kuşatma sürüyordu. Yolculuk için hazırladığımız yiyecekler, çoktan tükenmişti. Kasabaya giriş çıkış yoktu, tarlasına bahçesine gidebilen yoktu. Kasabanın dışına çıkabilmek için, mangal yürekli olmak gerekirdi. Kuşatmanın ilk günlerinde, bakkallardan, şurdan burdan yiyecek sağlayabiliyorduk. Kuşatma ayını doldurduğunda, kıtlık baş gösterdi. Anlaşılıyordu ki, aç bırakarak yok edeceklerdi bizi; dayanamayıp kaçma cesaretini gösterecek olanları da, daha çıkışta ya da yolda öldüreceklerdi!

Kasaba insanlarının, kış için yazdan evlerinin kilerlerine koydukları kuru yiyecekler de bitmişti. Kasabanın içindeki boş alanlarda, Rum kuşatmacıların gözlerinden ırak olabilen çevre arazilerdeki tüm kış otları da bitmek üzereydi. Gece karanlığında bazı gözüpekler, düşmana görünmemek için sürünerek, çok yakındaki bahçelere kadar gidip bulabildikleri kış sebzelerini taşımaya çalışıyorlardı. Üç öğün yemek yerine, akşamdan akşama bir tabak zeytinyağlı ot ya da sebze, ekmek yerine de bir dilim peksimet... Bunlarla, ölümlerle, yaralılarla kırk iki gün geçirdik. Kuşatmanın kırk üçüncü günü, cumaydı. Beni yetim bırakan cuma!

Düşmanın top ateşinin, caminin avlusuna kadar gelip içeriye zarar vermemesi, Türkleri, yani bizimkileri yüreklendirmişti. Topun gücü buraya kadarmış, çatısına ve içindekilere kadar uzanamıyor düşüncesiyle cuma namazına gittiler, babam ve Molla Mavruk. Sonra, tam namaz vakti, peşpeşe gelen üç top sesi!... Ardından bağırtılar, çığlıklar, koşuşturan kasabalılar... Ben ve eniştem birlikte camiye fırladık. Yaralıları ve ölüleri dışarıya taşıyorlardı. Düşmana edilen bedduanın yararı yoktu. Ölenler on bir kişiydi; aralarında babam da vardı! Yaralılar yedi yaşlıdan oluşuyordu.

Yeniyetme yaşımda, olumlu her isteğime, her çalışmama destek vermiş, beni içtenlikle seven babamı kaybetmiştim. Annemle Nazire Ablam, sözle anlatılamaz bu büyük kaybımıza, yaşmaklarını ağızlarına tıkayarak, sarsıla sarsıla hıçkırarak katlanıp babamı mezarlığa yolcu ettiler. O güne değin öldürülenlerle, kefen bezi stoku tükenmişti; annem, arabalardaki eşyalar arasından, babamın gece yatarken kullandığı entari boyundaki bir pijamasını, kefen yerine kullanılsın diye verdi. Yaşadığımız o içsavaş, benim barışsever babama bir kefeni bile çok görmüştü. Tabut bile bulunamamış, babam, dört kollu bir tahta teskereye konmuş, üzerine de örtü yerine bir kilim serilmişti...

Kuşatmanın kırk beşinci günü pazara rastlıyordu. Gün ağarırken duyulan boru ve trampet sesleri, sabahın silahlı sessiz bekleyişini, "Hey, nedir bunlar, ne oluyor?", "Uyanın, düşman içimize kadar girdi!", "Bunlar hepimizi kurşuna dizecek, kalkın!", "Rumlar bizi kesmeye geliyor!" sesleriyle bir anda çok sesli bir paniğe dönüştürdü.

Babam öldükten sonra, eniştem Arif'le birlikte beni yanına alan Hacara, birden bizim arabaların yanında bitiverdi:

"Korkmayın," dedi. "Bunlar, bizi Rumlardan kurtarmaya gelen İtalyan ve Fransız askerleri."

Eniştem:

"Anladık ama," dedi, "bunlar da başka gâvur! Ne işleri var buralarda?"

Hacara:

"Bunlar, bu Rum kuşatmasından önce, başkentimiz Hanya'nın Suda limanına gelip demirleyen dört büyük ülke donanmasının askerleri. Daha geldiklerinde, haber buralara kadar ulaşmıştı. Yeri geldiğinde rahmetli Ali Ağa'ya söylemiştim. Haydi, telaşa kapılmayın artık."

Hacara'nın deyişiyle, makarnacı İtalyanlarla, şarapçı Fransızlar, tüfeklerine süngülerini de takarak, arabaları, yayaları, atları ve eşekleriyle yedi yüz kişi kadar kalmış biz Türkleri, dıştan gelecek bir saldırıya karşı çembere aldılar ve konvoy halinde yola çıkardılar.

Yolda öğrendik ki, başkent Hanya'da da karışıklıklar varmış; bu nedenle bizi, bir süre için Hanya'nın batısında Kissamu Körfezi'ndeki Kastel'e götürüyorlar... Ortalık durulana kadar orada kalacaktık. İki gün, bir gece sürdü yolculuğumuz. Bu yolculuk sırasında, iki ihtiyar, yorgunluğa dayanamayıp öldü ve yol kenarına açılan mezarlara gömüldüler. Konvoy, bu yüzden, iki saat kadar yolundan kaldı. Korkunç bir açlık ve yorgunluk hüküm sürüyordu. Geride bıraktığımız Kandano'daki ölümler, korku ve açlık, üstüne üstlük yol yorgunluğu, iki garibanı döşeklerinde değil, gurbette canlarından etmişti. Kovalanmaların, ölümlerin getirdiği tükenmişlik, nefret ve kini pekiştirdi. Ama neyleyim, rahmetli babamın barışçılığı bende de vardı; ötekilerinin düşünüş biçimi, yani nefret ve kin yer edemiyordu içimde. Bu kör dövüşüne bir son verilmeliydi, çıkar yol değildi bu. Fakat bir yeniyetme olan ben, Hasanaki, ağzımı açabilir miydim, açabilseydim dinletebilir miydim? Dinletebileceğimi bir an için kabul etsek bile, bu, Türk toplumunun aleyhine olmayacak mıydı? Çünkü Rumlar dur durak bilmiyor, insafsızca kovalıyor, öldürüyordu!

Kissamu'da parayla yiyecek bulma olanağı vardı. Bu bereketli körfezdeki Kastelli adlı ilçe, balığı da bol, zengin bir yerdi. Hindiba, lahana, turp otu, karnabahar, hardal otu haşlamasının yanında izmarit, sardalya ya da bakalaros balığı tavasından birkaç parça, hem karnımızı tıkabasa doyurmamızı, hem de gelecek günlere umutla bakmamızı sağlıyordu. Kovalanmaların, öldürülmelerin, yorgunlukların getirdiği tükenmişlik, başkent Hanya'da son bulacak mıydı? Bunu bilemiyor, sadece umut ediyorduk.

Bir hafta sonra yine Fransız ve İtalyan askerlerinin gözetiminde, gündoğumundan günbatımına kadar süren bir yürüyüşle, Hanya varoşlarına geldik. 'Varusi' dedikleri bu yerde yerleşebileceğimizi, kentte, ev ve iş de bulabilirsek kalabileceğimizi söylediler.

Bizi buralara kadar getiren Fransızlar şaraplarının, İtalyanlar ise makarnalarının başına döndükten sonra, 26 yıl sürecek Hanya yaşantım başladı benim; 1897'den 1923'e dek... 'Aynakis' takma adını burada verdiler bana, akla karayı burada öğrendim...

V

Seçme, iri kuru incirlerin içine ceviz dolduruyordu annem. 'Sikula' dediğimiz bu incirler, temiz bir tepsiye doldurulur ve tepsi elime tutuşturulurdu. İki elimle omzum hizasında tuttuğum tepsiyle Varusi'den kente yollanırdım. Dükkânları, kahvehaneleri, meyhaneleri atlamadan tek tek tarardım. Tepsideki incirleri tüketinceye kadar sürerdi bu. Sonra yorgun argın, Varusi'de bize mesken olan bağ evine döner, satıştan topladığım paraları anneme verirdim. Annem, beni bakkala yollayarak, bu paralarla kuru incirlerin en irilerini ve ceviz içi aldırır, ertesi günün malını hazırlamaya başlardı. İncir ve ceviz alımından artan birkaç kuruş, evimizin geçimine giderdi. Kuru incir tükendiğinde, susam helvası yapardı. Bunlar da geçtiğinde, tabii mevsimine göre, 'pasatempos' denilen kabak çekirdeği, turfanda erik, turfanda çağla satardım. Turfandaları Hanya'nın daha çok meyhane kesiminde satabiliyordum.

Evimizi geçindirebilmek için, omzumda ya da başımda taşıdığım tepsiyle yaptığım bu satışlarda çok düzenli olmam, yılmadan koşturmam, bazılarının dikkatini çekmişti: Yusuf Kenan matbaası çalışanları, fotoğrafhane sahibi Baha Bey ve Rum matbaacı Vladimiros sürekli müşterilerimdi. Ama bir, ama beş... Tanrı'nın günü, ne satıyorsam alırlardı hep. Güneydeki köyümüzden sökülüp atılmış olmamız, kırk beş gün kuşatma altında yaşamamız, babamın top mermisinden ölmesi de etkilemişti bu insanları, öyle anlıyordum.

Yusuf Kenan'daki dizgiciler iri birkaç harf gösterdiler. Onların ne harfleri olduğunu söyleyince, bu kez yazı okutmak istediler; beceremedim. Kur'an'ı okumayı öğrenmiştim, çünkü bellek gücüne dayalıydı ama başka yazıları okumak olanaksızdı. Bir de rakamları biliyordum.

Baha Bey tarafından fesli, sarıklı Türklerin, şapkalı Rumların resimlerinin çekilişini izledim. Fotoğrafhane duvarlarına kimi asılmış, kimi yapıştırılmış ve biz Girit köylülerinin bilmediği, görmediği başları açık, memelerinin yarısı meydanda, dizlerinden aşağısı çıplak, potinleri bağcıklı tombul kadın fotoğrafları gördüm, Biraz şaşırarak, birazcık da utanarak.

Satışımı erken bitirdiğim bazı günler, matbaadaki dizgicilerin ufak tefek işlerini görüp geriye kalan zamanımda elime kumpası alarak, önüme konan büyük harfli yazı metnini dizmeye çalışırdım. Görgü ve bilgimi çoğaltmaya yönelik bu çabamı, uzun süre yürüttüm. Başlangıçta yüzüme gözüme bulaştırdım, tonla yanlışım oldu. Harf kutucukları içerisinde, yazıdaki harfin tıpkısını aramaktan yorgun düşüyor, matbaa mürekkebinden parmaklarım kapkara kesiliyordu. Zavallı anamdan zılgıt yiyordum bu yüzden; çünkü hem eve geç kalıyordum, hem de yiyecek satan insanın ellerinin temiz olması gerekiyordu. Matbaada gazyağıyla temizlemeye çalıştığım parmaklarım, birkaç kez de evde, sabun üstüne sabunlanarak ağartılmaya çalışılırdı.

Uzun süren matbaacılık merakından sonra, Baha Bey'in fotoğrafhanesine, kendi kendime yamandım. Ortalığı süpürüyor, karanlık odadan çıkan ilaçlı banyo sularını kovayla götürüp döküyordum. Kapıda nöbet tutuyor, Baha Bey bir yere gitmişse gelen müşteriyi bekletiyordum. Fotoğraf çektirmeye gelen kişi ya da çiftin üstüne, sokak kapısının dışından aynayla güneş yansıtıyordum. Çekimde kullanılan özel camın karanlık odada nasıl banyo edildiğini, fotoğrafın basılmasını izliyordum.

İki göz bağevi, hem annemle bana hem de ablamla enişteme yıllarca mesken oldu. Molla Mavruklar Varusi'ye geldiğimizde ev bulamayıp aylarca arabalarında kalmışlardı. Sonra bizden beş yüz metre kadar ilerde, çok küçük bir eve yerleştiler. Buraya gelişimizden bir yıl sonra Nazire Ablam, Mustafa adını verdiği ilk çocuğunu doğurdu. Eniştem arabalarımızı çeken katırlarla üç yıl kadar çiftçilik yaptı, başkalarına ücretle çift sürdü. Boş zamanlarında da kente inerek, dükkân arayıp durdu hep. Mesleği bakkallıktı, onu sürdürmek istiyordu.

Molla Mavruklar hiçbir mallarını satamamış, palas pandıras bizimle yollara düşmüşlerdi. Kendi topraklarında çalışarak rahat bir yaşam sürerken, Hanya'nın Varusi'sinde yine karı-koca gündelikçi ziraat işçisi olarak, başkalarının yanında çalışmaya başladılar.

Hacara'ya ise, biz Varusi'ye yerleştikten iki-üç yıl sonra, kentin Splantzia alanındaki bir kahvehanede rastladım. Ben ona tepsimden susam helvası ikram ettim, o ise bademden yapılan, üzerine toz tarçın serpilen sumata şurubu ısmarladı bana.

"Evlat," dedi, "Rumlar tarlamızdan, evimizden kovaladılar ya, şimdilik sakinleşmiş görünüyorlar. Bu işten, senin de payına susam helvası satmak düştü. Nasıl, evi geçindirebiliyor musun bari?"

"Eh, pek fena sayılmaz ama," dedim, "kendi köyümüzde, kendi bahçemizde çok daha iyiydik."

Ayrılırken, yine destek verdi Hacara:

"Başınız derde girerse, bu alandaki kahvehanelere haber

bırak benim için. İyi insanlara yardım etmek, tabii gerektiğinde, sevdiğim bir şeydir benim."

Seyyar satıcılık benim için bir okul oldu; bu okulda neler öğrendim, neler... Meğer bizi toprağımızdan, evimizden söküp atan eşkıyalık, ilkin buradan, Hanya'dan başlayıp tüm adaya yayılmış, bulunduğumuz köye kadar gelmişti. O barbarlığın bu çıkış yerinde, başkentte, ben yeniden kök salmaya çalışacaktım.

İşte bu kök salma çabalarımı sürdürürken, askerlerimizin adadan ayrılışlarına tanık oldum. Bu ayrılışın hemen ardından gelen yılbaşı şenliklerinde, Rum bandosunun, "Türk'ü kesin, parçalayın zalimi!" diyen bir Yunan marşını, kulak zarlarımızı patlatırcasına çalışını yaşadım. Rusya, İngiltere, Fransa ve İtalya'nın gözetiminde Yunan Prensi Georgiyos'un adamıza genel vali anlamına komiser olarak atanmasını; Hanya Kalesi'ne, Averof savaş gemisiyle gelen Kral Konstantin'in Yunan bayrağını çekmesini acılar içinde izledim. Girit'in Yunanistan'a bağlanmasını amaç edinmiş Girit Milli Meclis seçimlerini, o meclis içinde ada Türklerinin ve Osmanlı devletinin haklarını savunmaya çalışan az sayıdaki Türk üyeleri gördüm.

Biz Türkleri kendi ulusal varlıkları içinde eritip yok etmek için, Türk sözcüğünü kaldırıp 'Müslüman' demekte yarar umdular. Kısacası öldüremediklerini, kaçırtamadıklarını türlü yollardan Hıristiyanlaştırmak istediler. Bir gün Splantzia Alanı'nda, mandıracılık ve manavlık yapan Şaban Ağa'nın dükkânına uğramıştım, evimiz için biraz peynir alacaktım. O sırada komşusu, peynir toptancısı Nikola Kokoloyannis yan taraftan uzandı:

"Şaban," dedi, "biliyorsun yarın seçim var. Oyunu kaptan Kaloyeris'in sandığında kullan ama..."

Şaban Ağa Türk ve Müslüman. Kendisini yerinden ve yurdundan atmaya çalışan Venizelosçulara oy mu verir! Yanıtı kendisi gibi ağır ve vurucu oldu:

"Komşu," dedi, "Venizelos'a oy verecek Türk'ün kolunu kesmek lazım! Ama ona oy vermeyecek Rum'unkini de!"

Kokoloyannis başını eğdi, güç duyulur bir sesle:

"Doğru söylüyorsun Şaban," dedi, kendi dükkânına çekildi.

Ablamla eniştem nihayet bizden koptular. Eniştemin çift sürüp biriktirdiği az para, hayvanlarını ve arabasını satarak elde ettiğiyle birleşince, Varusi'den kentin içine, Tabyalar'a taşınmalarına, küçük bir bakkal dükkânı açmalarına yetti. Bir süre sonra biz de onları izledik, hem de aynı yöntemle: Katırlarımızı, arabamızı sattık, köyümüzden getirdiğimiz ve düğüm üstüne düğüm atarak sakladığımız parayla kente indik, Veneti Kastana'da bir ev kiraladık. Varusi'de yedi yıl geçmiş ve ben yirmi yaşımı bulmuştum. Daha on beş yılı aşkın bir süre Hanya'da yaşayacaktık. Asıl büyük göçün, yurdumuzu bırakıp gitmenin zehrini, 1920'lerde içmeye başlayacaktık.

VI

Splantzia Meydanı, Hanya'nın büyük bakkalıyla çakkalının, mandıracısının, gayet geniş kahvehanelerinin ortasında koca bir şadırvanı bulunan; feslisini fessizini, yani Müslümanını Hıristiyanını bir arada barındıran, ünlü bir meydandı. Peynir tüccarı Kokoloyannis gibi tutucu Venizelistler, kralcılar; köyünden kovalanmış, bu meydanı mesken edinmiş Türkler; doğma büyüme Hanyalılar; varlıklılar, varlıksızlar; yalınayaklılar, çizmeliler, çarıklılar... Tümü de, bir çarşı görünümündeki bu meydanın insanlarıydı. Ama bu kalabalıkta çoğunluk, Türklerdeydi. Örnekse, dokuz büyük kahvehane vardı, dokuzunun da işletmecisi Türk'tü.

Tuzlanıp kurutulmuş, kanat halinde satılan bakalaryostan tutun, sardalyasına, kolyozuna, salamura palamutuna varana dek tüm tuzlu balıkların satıldığı dükkânın sahibi kralcı bir Rum'du. Peynir tüccarı Kokoloyannis ise, bizi evimizden, yurdumuzdan kovmaya çalışan Venizelos'un yandaşıydı, o da Rum'du. Meyhaneci Sifis Voleonitis ile bakkal Manusos ise yansız görünmekle birlikte kralı tutuyorlardı.

Ev edinip Hanya'nın içine taşındıktan sonra, omuzda ya da başta tepsi taşıyarak seyyar satıcılık yapmaktan hoşlanmaz olmuştum. Kaynamış kestane de satmıştım, küçük küçük kâselerde aşure de... Bu küçük işlere artık hayır diyor, delikanlılığıma yakışacak bir iş bulmaya çalışıyordum. Kentteki tüm iş ve eğlence yerlerini yüzlerce defa dolaşmıştım, bilgim ve görgüm bir hayli zenginleşmişti.

Yusuf Kenan Matbaası'nda biraz dizgicilik, biraz basımcılık, Baha Bey fotoğrafhanesinde yüzeysel de olsa fotoğrafçılık bilgisi edinmiştim. Girip çıktığım dükkânlardan ticareti kavramıştım. Sonraki yıllarda baş müşterileri haline geleceğim meyhanelere gire çıka da, içkili yerlerin, gece yaşamının kurallarını bir güzel sindirmiştim.

İşte böyle karmaşık düşüncelerin, kararsızlıkların kıskacında olduğum bir gün, Kastel'e çıkan yol üzerinde Kir Vladimiros'un matbaası önünden geçerken, onun arkamdan seslendiğini duydum.

"Hasan, biraz gel oğlum," dedi. "Seninle konuşacaklarım var."

Ak saçlı, beyaz tenli, kocaman ağızlı, kara gözlü, kalın gözlük camlarının çerçevesi incecik bir adamdı Kir Vladimiros. Matbaa mürekkebi, o beyaz ten ve beyaz elde daha bir kara duruyordu. Sesi kalıncaydı. Gömleklerinin kirlenip yıpranmasını önlemek için siyah kolluklar takıyordu.

"Bak oğlum," diyerek sürdürdü konuşmasını. "Sen Hanya'ya geldiğinden beri belleğimde yer ettin. Çünkü yaz kış demeden, gündüz gece demeden, omzunda tepsiyle satıcılık yaptın, evini geçindirdin; nihayet bu yaşa geldin..."

"Başka seçeneğim yoktu ki Kir Vladimiros," dedim. "İnsan köyünden olunca, üstüne üstlük babasız kalınca, ister istemez çalışmak, çok çalışmak zorunda kalıyor. Günler, haftalar oldu, işlerim denk gidince sevinçten koşarak eve giderdim. Terslikler olunca da senin de bildiğin bir koşuk ağzımdan düşmez olurdu: *Denize saman atıyorum, ağır gelip batıyor/Başkaları kurşun atıyor, kanatlanıp uçuyor!*"

"Bilirim evlat, bilirim... Köyünden atılmışlığı bilmem ama, babasızlığın ne demek olduğunu, Kontantinopolis'teyken(*) ben de yaşadım. Bereket benim, matbaacılık yapan, beni yanına alıp yetiştiren Stavro Dayım vardı. Taht-el-kal'a'da(**) çok iyi bir matbaacıydı. Bugünkü durumumu da, servetimi de, kafa yapımı da ona borçluyum."

"Demek sen, Stambullu'sun Kir Vladimiros."

"Hem de doğma büyüme Hasanaki. Burada daha çok kazanacağımı düşünerek, yıllar önce gelip yerleştim; hiç de fena etmemişim. Gel, içeri girelim, senden ne istediğimi orada söyleyeyim."

Kapı girişinin hemen solundaki, 'yazıhanem' dediği idare odasına aldı beni. Üzeri defterler ve kâğıtlarla dolu bir masanın başına geçip oturdu. Ayak işlerine bakan Nikolaki'yle, kahvehaneden, üzerine bolca tarçın serpilmiş sumata şurubu getirtti.

"Çek şu sandalyeyi, otur oğlum," dedi. Ve yaşamımda aldığım en güzel öneriyi yaptı: "Hasan, seni yanıma almak istiyorum. Toplam altı kişinin çalıştığı bir matbaa burası. Biz teknik kadro içerde çalışırken, sen, basımı yapılmış işleri buraya gelen iş sahiplerine burada, gelemeyenlerinse işyerlerine giderek, siparişlerini yerlerinde teslim edecek, paralarını tahsil edeceksin. Yeni işler sağlayacaksın. Basımevinin gereksinimi olan malzemeleri alıp getireceksin. Kısacası dıştaki işlerimizin tümünün izleyeni, sorumlusu sen olacaksın."

"Yapmasına yaparım, kesinlikle üstesinden gelirim de..."

(*) İstanbul

(**) Tahtakale

“Geçimden kuşkun olmasın Hasanaki. Ama hafta sonu tatilini biz Hıristiyanlar pazar günleri yapıyoruz, bunu biliyorsundur. Ben cumaları çalışmam demeyesin bana. Öteki çalışanlar gibi haftalığını cumartesi akşamları alacaksın, bizler gibi pazar günleri dinleneceksin, tamam mı?”

Gençliğime yakışacak, düzenli bir iş peşindeydim. Sonra burada Kir Vladimiros'un yanında, bağnaz Rumlara karşı bir ölçüde de olsa güvenlik içinde olacaktım. Yeni bir olanak çıkana dek evimizi rahat bir biçimde geçindirecektim. Evinden, toprağından sürülmüş insan için az şey miydi bu...

“Oldu Kir Vladimiros. Müşterilerine karşı utandırmayacağım seni.”

Ayağa kalktı, arkasındaki raftan ciltli bir kitap alarak, bana uzattı.

“Aramıza katılmanın anısına, sana küçük bir armağan bu Hasanaki,” dedi. “Aç bak, Konstantinopolis'te dayımın basımevinde hazırlanan, basılmasında benim de emeğim olan Türkçe'den Helence'ye sözlük...”

Açtım baktım, 1876 tarihini taşıyordu. İmparatorluk lisesi Galatasaray öğretmenlerinden Maliaka'nın, aynı okulun Arapça-Farsça-Türkçe öğretmeni Hafız Refi'nin yardımıyla meydana getirdiği, Arap ve Helen harfleri bir arada kullanılarak incecik kâğıda basılmış bir sözlüktü. Sevinerek aldım. Köyümüzün imamı Şerif Efendi ile, komşumuz Manolis'ten aldığım derslerle, heceleyerek de olsa, bu sözlükten yararlanabilecektim.

VII

Delikanlı oğlunun düzenli bir işe girmesi, çilekeş anamı çok sevindirmişti. Dualar okuyor, yatırlara adaklar adıyordu. Evimizi daha iyi geçindirecek, koşullar elverirse, bir gelin ve torunlar verecektim ona! Nazire Ablam'dan torun görmüştü görmesine, fakat oğlan çocuğundan gelecek torunun bir başka tadı olacağını söylüyordu. Ağabeyimin öldürülmesi, Rumların camiye attıkları toplarla babamın şehit oluşu, annemin daha çok üstüme titremesine, beni daha çok sevmesine yol açmıştı. Sevincinden, durup durup bana sarılıyor, "Hasan'ım, oğlum!" diyordu.

Akşam alacasında Tabyalar'da oturan Nazire Ablam ile Arif Eniştem'e gidip müjde vermeyi istedik ama annem kaygılı:

"Oğlum," dedi, "duyduğumuz olaylar var. Rumların fenalıkları kent içinde de sürüyormuş, başımıza bir hal gelmesin?"

"Meraklanma ana, ben varım yanında! Bunca yıl satıcılık yaparken, kalabalıklara girdim çıktım, tenhalarda kaldığım oldu. Tanıdım insanları. İyisini de kötüsünü de... Gider, geliriz biz."

Kara çarşafını örtünen anamla Tabyalar'a vardığımızda, eniştem de dükkânını kapatma hazırlığı içindeydi. O da başına bir iş gelsin istemiyor, akşamları geç olmadan kapatıp evine çekiliyordu.

Ablamlar sokak satıcılığından kurtulmanın sevincini bizimle paylaştılar ama, bir yandan da eniştem, kuşkusunu dile getiriyordu:

"Sözünü ettiğin bu adam da nihayetinde Rum'un okumuş yazmış takımından. Dileyelim de, seni kendilerine benzetmesinler!..."

Annem usulca ona katıldı:

"İş bulduğuna seviniyorum, fakat eniştenin söyledikleriyle de içim kalkıyor oğlum. Tanrı korusun!"

İş bulma sevinci çekinceli bir havaya bürünürken, ben özgüvenimle rahattım:

"Ama verdiğiniz terbiyeyle, aldığım görenekle dinime de sahibim, Türklüğüme de! Kur'an'ımızı da öğrendim. Fazlam var, eksiğim yok. Onların yazısını biliyorum, yıllarca yaptığım satıcılıkla, çok insan tanıdım, piştim. Beni yönlendirmek pek kolay değildir. Hadi ana, hadi enişte, meraklanmayın!"

Nazire Ablam, ağırlığını benden yana koydu:

"Boşuna tasalanıyorsunuz, benim bildiğim Hasan'ı kimse kendine benzetemez. O bilir işini!"

"Hasan'ı ben de tanıyorum ama, kaygılarımı dile getirmeden edemiyorum," dedi eniştem. "Biz Hanya'ya kapağı atmış olanlar, etrafla ilgili haberleri pek alamıyoruz, olayların ayırdında olamıyoruz. Dün gelen bir toplu cinayet haberini vereyim size: Kandano yolu üzerindeki Floria köyünü basan eşkıya, 'Gelin sizi kötü adamların elinden kurtaralım,' diyerek kandırdıkları on beş Türk'ü köyden çıkardıktan sonra, topluca kurşuna dizmişler!"

Bu haber, odayı buz gibi soğuttu, fakat umarsızlıktan kimse bir şey söyleyemedi. Benim yeni işime de değinen olmadı bir daha.

İKİNCİ BÖLÜM

"Yazgımı derenin karanlığında gördüm,
kayalıklar üstündeydi, karalar giymiş"

BİR GİRİT HALK KOŞUĞU

I

Hanya'daki dingin yaşamı dalgalandırıp bozan, ara sıra da olsa, kent içindeki Türklerin öldürülmeleriydi. Kent dışındaki yakıp yıkmalar, toplu cinayetler bir ya da iki gün sonra duyulduğunda da, bir başka panik ve korku dalgası yayılıyordu.

Kent içindeki olayların az oluşu, türlü nedenlere dayanıyordu. Örneğin Yunanlar, büyük devletlerin Halepa Mahallesi'ndeki konsolosluklarının, Türklerin öldürdükleri haberlerini almalarından çekiniyorlardı. Bundan ötürü, planlı öldürülmelerin yerini, "Kahpe Türk, ben sana gösteririm!" biçiminde, bireysel hınçlar, sindirmeler alıyordu.

Böyle günlerde, neşe ve yaşama sevinci yok oluyordu. O denli ki bazı vahşetler, azınlıkta olsalar da aynı kanı taşıyan kimi Rumları bile isyan ettiriyordu. Babasıyla nişanlısına giderken, Tahta Köprü'de Rumlar tarafından kaçırılan Havva olayında da, kimi Rum çevreler çok rahatsız olmuştu. Kaçıran Sağır Yorgi ve çetesi haftalarca Havva'ya tecavüz etmiş, sonra bir manastıra götürerek Hıristiyanlaştırmak istemişlerdi. O kadar erkeğe karşı doğal olarak kendini koruyamayan Havva, din değiştirme baskılarına karşı koyunca, canlı cenaze gibi serbest bırakılmıştı.

Uzun zamandan beri göremediğim Hacara'dan sonra, ikinci koruyucum Kir Vladimiros'tu. Hacara, yaşamsal tehlikede koruyucum olacağını söylemişti; Kir Vladimiros ise çalışkanlığımı beğenmesi sonucu beni yanına almak, düzenli bir iş sahibi yapmakla, koruyuculuğunu göstermiş oluyordu. Daha önemlisi, bana olan sıcak, içten ilgisiydi. Örneğin bu türde bir haber yayıldığında, ne yapar eder, dolaylı ya da doğrudan doğruya, avuturdu beni. Onun koruyucu kanatları altında başıma bir şey gelmeyeceğini bildiğimden, ben de rahat konuşur, içimi dökerdim.

Onca matbaa çalışanı içinde patronumuz Kir Vladimiros'un insancıl yapısına ters düşen tek adam, en yaşlı dizgici Vomvolakis'ti. Biz Türkleri sevmeyen, Girit'ten kovmak isteyenlerdendi Vomvolakis. Beni tedirgin etmekten zevk alıyordu. Patron bu adamın huyunu bildiğinden, bana yöneldiğini, benimle konuşmakta olduğunu gördüğünde, karşıdan seslenirdi:

"Vomvolakis, işine bak! Bırak laflamayı."

Vomvolakis ise iğnesini batırmaktan vazgeçmez, uzaklaşırken olsun, söyleyeceğini söylerdi:

"Sizden bir kişi daha eksildi Hasanaki!"

Havva'nın başına gelenler Hanya'da duyulduğunda, matbaanın yazı odasında, o günkü işlerin rakamsal listesini hazırlamaktaydım. Matbaa için her gün dışarda ne alıp verdiysem, hesabını çıkartır, akşam üzeri, kalan parayla birlikte Kir Vladimiros'a teslim ederdim.

Vomvolakis yine, günlük hesabı yaptığım masaya doğru gelirken, Kir Vladimiros'un onun arkasında bitiverdiğini gördüm.

"Haydi be Hıristiyanım," dedi Vomvolakis'e, "rahat bırak adamı."

Dizgici süklüm püklüm işinin başına dönerken, patron bir

sandalye çekerek, yanıma oturdu. Havva'ya yapılanları kastederek:

"Bunlar, hiç kuşku yok, kötü şeyler Hasanaki," dedi. "İnsanlık ayıbı bunlar. Sen de, ben de bunları durduramayız. Bu vahşetin önünü almak çok zor, hatta olanaksız! Bunun arkasından, adanın bir başka yerinde, bu kez sizinkiler cinayet işleyecek."

"Bu sürgitin sonu hiç mi olmayacak? Hep böyle tecavüz edecekler, hep böyle öldürecekler mi? Yazık değil mi Kir Vladimiros?"

"Elbette yazık oğlum. Ama ne ki, acı da olsa söyleyeceğim, çünkü gerçek, bu cinayetler sizleri buradan atana dek sürecek!"

"İyi ama burası, atalarımızdan kaldı bize. Geçen gün kendi kendime hesap ettim, yanılmıyorsam on beş kuşak Türk yetişti burada. Haydi kabul edelim, sonra onlar, yani sizinkiler de geldi, yurt edindi burayı. Demek istiyorum ki, bizim olduğu kadar onların da yurdu, onların olduğu kadar bizim de yurdumuz. O halde bu kavgalar niye? Oysa bir arada, limonla portakalın aynı tarlada yan yana olması gibi, bir güzel yaşayıp gidiyorduk. Bugün ise Havva'ya yapılanlarla tüm Türk evleri kan ağlıyor! Bu sonuncu olay…"

"Hasanaki, bu iş böyle evlat! Girit Girit olalı, çok başkaldırı gördü; tümü de yatıştırıldı. Ama bu kez, Venizelos'un örgütlediği bu başkaldırı, Girit'i Yunan'ın yapacak! Hatta yaptı bile!"

"Patron, ne kadar da doğrucusun."

"İstanbul'da, Tah-el-kal'a'da öğrendim ben doğruculuğu evladım. Orada, Türklerle biz Rumlar çok iyi geçiniyorduk. Doğruluğun ve karşılıklı saygının egemen olduğu bir yaşamdı o."

"Pekiyi, neden burada tersi oluyor?"

"Bak Hasanaki, ben de bir Rum'um. Ben de aynı ırktan, aynı dinden olan bu Girit Rumlarının bir parçasıyım. Yalnız, ne yazık ki kafamız farklı. Ben, insanlar arasında ayrılıklar olmadan, tatlı geçimden, sevgiden yanayım; onlarsa, 'vatan' adı altında toprak kazanma, var olan toprağı genişletme sevdasındalar."

"Bu amaçla da öldürüyorlar! Bu insan öldürme vahşeti neden bu kadar yaygın oluyor Rumlarda?"

"Yüzlerce yıl sizinkilerin idaresi altında yaşamanın, bıkmanın sonucu bu. Tepki çok ağır oluyor. Yani çok insan öldürüyorlar. Yukardakiler ünlenecekler diye, masum halkı birbirlerine kırdırıyorlar. Hep halk çekiyor. Siz Türklerin iyi yanlarını benim kadar bilseler, benim kadar olsun okuyarak gerçekleri görebilseler, bu denli vahşi olmayacaklar."

"Hem de nasıl patron. Ben söylemekten kaçındım, belki sen de haberi duyduğun halde, bana belli etmemiş olabilirsin. Baduryana köyünde geçen hafta olanlar, başka bir vicdan karası. Kaptan Bunato çetesinin cinayetlerinden sonra, paniğe kapılıp köylerini terk eden Cemal ve Mustafa Baduraki'ler ailece denize ulaşıyorlar, bir tekneye binip açılıyorlar, fakat ne oldukları şu ana kadar bilinmiyor. Anadolu'ya varabildiler mi, yoksa deniz onları Kuzey Afrika sahillerine mi sürükledi, balıklara yem mi oldular, bilinmiyor."

"Dileyelim kurtulmuş olsunlar. Sözü ben, eskinin çetelerine getirmek istiyorum. Geçmiş yıllarda kalmış başkaldırıların elebaşları, yani kapetan denilen adamlar, daha vahşi, daha gözü karaydı. Furogatoslar, Skulakisler, Mihalisler, Orfanudakisler... Büyük insan kasabıydı bunlar! İçlerinde, kestikleri Türk kellelerini saçlarından tutarak kanları damlaya damlaya arkadaşlarına gösterip, böbürlenenleri vardı!"

“Ne olursun patron, anlatma, içim kalkıyor!”

“Tamam Hasanaki. Yalnız bugün, bunları burada kesmek karşılığında, bir şey isteyeceğim senden: Annenin pişirdiği çipohorta(*) var ya, ilk yaptığında kocaman bir tabak getireceksin. Geçen seferki gibi öyle tadımlık değil ama, kocaman bir tabak istiyorum, bir kâse dolusu!...”

Kir Vladimiros'un karısı, kendisi gibi İstanbulluydu. Adamızın kendine özgü ot ve sebze yemeklerini yapmasına yapabiliyordu da, anacığımınki gibi lezzetli olmuyordu. Buna karşın Kira Evthimiya'nın mevsiminde yaptığı uskumru dolması, sofraya getirilen beyaz şaraba güzel uyuyordu. Bir de her ilkyazda birkaç kez pişirdiği kocaman hindi yumurtaları... İki tanesini zeytinyağına, evet Girit'in o nefis zeytinyağına kırar, sarılarının üstüne de birer tutam toz haline getirilmiş nane ekerdi. Sağlığı bozulmasın diye, Kir Vladimiros'un bir lokma almasına izin verirdi; gerisi, genç olan benimdi.

Kir Vladimiros, hazırladığım gelir-gider listesini aldı, dikkatle ikiye katladı, verdiğim drahmilerle birlikte cebine yerleştirdi.

“Bunları,” dedi, “her zamanki gibi evde sakin kafayla inceleyip ertesi günkü iş planını yaparım. Bugün cumartesi. Annen bu akşam yemeğinde bizde olacağını, eve geç gideceğini biliyor. Evthimiya bakalım ne mezeler hazırladı bize... Haydi, gidiyoruz!”

Kir Vladimiros'un karısı Kira Evthimiya, kocasından beşaltı yaş küçük, tombiş, kısa boylu, hep gülen, ev içinde oradan oraya âdeta zıplayarak giden, şipşirin bir kadındı. Çocuksuz olduklarından, bana yöneltmişlerdi sevgilerini. Karı-koca beni, para dürüstlüğümün yanı sıra, çalışkan ve terbiyeli bul-

(*) Sebze bahçelerinden toplanan sebze sürgünleriyle, otlarla yapılan bir Girit yemeği.

duklarından, evlat yerine koymuşlardı. Kendi ırklarından, bu para, ayak işlerine kimi almışlarsa, zamanla hep aldatılmışlar, zarara uğramışlardı. Beni de ancak bir yıl sınadıktan sonra, cumartesi akşamları, düzenli olarak evlerine, içkili hafta sonu sofrasına davet eder olmuşlardı.

Kira Evthimiya için bu cumartesi günleri, bir tür şölen günüydü sanki. Trapezariya dedikleri yemek odasına, patron ve ben Hasanaki girer kurulurduk. Her şey pırıl pırıl olurdu. Evthimiya Teyze'nin yüzü de neşeyle karşılardı bizi.

Şaraplı hafta sonu sofralarında mezeler, doğal olarak et ve balıklardan oluşurdu. Örneğin Kira Evthimiya'nın bir de dana ciğeri kızartması vardı. Bu kızartmaya, sirke ve biz Türklerin biberiye, onlarınsa rozmari dediği bitkiyi katarak bir-iki dakikada hazırladığı bir sos vardı ki, masadakilere parmak yalatırdı. Ne ki o sosta sirke bulunduğundan, ciğerin yapıldığı cumartesileri, rakı yani uzo akşamı olurdu. Şarap içilen sofraya, kesinlikle sirkeli bir yiyecek, salata getirilmezdi. Lüks diyebileceğimiz balıkların dışında kalan, sıradan, ucuz balıklara da aynı sosu yapar, onları lezzetlendirirdi Kira Evthimiya.

Annemin aşçılığına gelince... O, bahçıvanlığımızdan gelen görenekle, ot ve sebze yemeklerinde olağanüstü başarılı oluyordu. Ona göre bu tür yemeklerin nefaseti, soğanı bilinçli kullanmada yatıyordu. Yemeğe çiğ giren soğan, hiçbir lezzet vermezdi. Soğanı hem bolca kullanırdı, hem de zeytinyağında pembeleşinceye dek çevirirdi. Bir başka yemek türünde ise, soğanı suyla pişirip, sonra yağını katardı. Bir de zeytinyağını çokça kullanırdı. Karabiber, kimyon, defne, kekik, sarmısak, dereotu, maydanoz, biberiye onun mutfak zenginlikleriydi. Bizim göreneğimizde içki bulunmadığından, mezeciliği yoktu; yemek pişirmede ileriydi.

Ben de, annemle Kira Evthimiya'nın yemek ve meze becerileri arasında gide gele, midemi, damak zevklerimi doyurur dururdum.

II

Patronun evindeki cumartesi akşamlarına, sadece ramazan aylarında katılmıyordum. Düzenli namaz kılmasam da, orucumda tamdım. Yine ramazanda, haftada bir içtiğim içkiyi kendime yasaklardım. İftar saatinde evde bulunur, sofrada annemi yalnız bırakmazdım. Ramazanlarda –doğal olarak– işten yorgun dönüyordum, bu nedenle gidebildiğim zamanlarda da teravih namazı için başlangıçta, Hünkâr Camisi'ne ya da Cezayir Kolu Camisi'ne gidiyordum. Bu cami Girit'in fethi için Cezayir'den getirilen askerler anısına yaptırılmıştı, ismi ordan kaynaklanıyordu. Ancak ramazan ayı bitinceye kadar, Hanya'daki öteki camileri ziyaret etme olanağı buluyordum. Hele 1913'te Girit'in kesinlikle Yunanistan'a verilmesiyle birlikte, en büyük camimiz Hünkâr, Ayos Nikolaos adı altında kiliseleştirilince, Cezayir Kolu Camisi'nden sonra Yalı ve Yusuf Paşa camileri daha kalabalık olmaya başlamıştı. Başta da söylemiştim: Türklükle Müslümanlık övüncümüzdü; gerisi havaydı. Göstergemiz Hanya'daki camilerin çokluğuydu. Örneğin Kastel Camisi, Ağa Camisi, Mevlevihane Camisi, Kalekapısı Camisi, Kumkapı Camisi, günlük yaşamda zaman yetirip de gidemediklerimdendi.

Ramazan cumalarını, işimden fazla uzaklaşmamak için, basımevine yakın olan, şadırvanının yukarısındaki Kastel Camisi'nde kılardım. Patronum Vladimiros, eşinin tersine tanrıtanımazdı. Ben camiye gideceğimi söyleyip izin istediğimde, bıyık altından, sadece bıyık altından değil, gözleriyle de gülerek, "Tamam Hasanaki," derdi. Karışmazdı insanın içdünyasına.

Onun tanrıtanımazlığını, basımevi çalışanlarından bir ben biliyordum. Konuyu cumartesi akşamları sofrasında, evinde dile getirirdi. İşyerinde öyle şeyler konuşulamazdı; çalışanlarla yüz göz olunurdu, ayrıca, ağızda sakız olmak vardı. Sonra giderek kilisenin kulağına varır, lanetlenebilirdi. Arkasından da ekonomik ve toplumsal ilişkilerde boykot gelirdi ki, bu da, evli barklı, iş güç sahibi, yaşını başını almış bir insanın kahrından ölmesi demekti.

Ramazanların Hanya'ya getirdiği bir gece canlılığı vardı. Splantzia Alanı, teravihten çıkan insanların doldurduğu, gece yarılarından sonraya kadar tombalaların çekildiği, eğlenilip gülünen bir yerdi. Tombalalara tepsi tepsi baklavalar, canlı kuzular ödül olarak verilirdi. Hanya'daki Türklerin hemen her kesiminin toplandığı bu alan, ramazan hokkabazlıklarıyla, tombalalarıyla, lükslerin, gaz lambalarının ayın hürmetine çoğaltılmasıyla, bayram yerine dönerdi.

Bayramların, ayrı bir havası olurdu. Ramazan Bayramı ayrı bir tat, Kurban Bayramı ayrı bir renkti. Ramazan Bayramı'nda bayram kutlamasına gelenlere, evlerde yapılan baklavalar ve turunç reçelleri ikram edilirdi. Annem bir de, kavuna benzeyen, daha o tarihlerde Avrupa'ya satılan 'kitro'dan da reçel yapıyordu.

Geçirdiğimiz yıkımlardan sonra, babadan aldığımız terbiye ve görenekle, buradaki komşularımızla da iyi geçinmeye çalışırdık. Saygılı ve güler yüzlüydük onlara karşı. Sokağımızdaki tek tük asık suratlı Rum'un dışındakilerle, ilişkilerimiz yüzeysel de olsa, fena sayılmazdı. Onlar bize iyi bayramlar dileğinde bulunurlardı, biz de onlara, vakti geldiğinde, iyi yortular dilerdik. Onlar yumurta, çörek, kaliva verirlerdi; biz ise baklava, börek ve kurban eti. Tüm ilişkilerimiz karşılıklılık kuralına dayanıyordu; fakat babamızdan öğrendiğimizle, daha özverili olan bizlerdik. Köyümüzden sonra gelip yerleştiğimiz Hanya'da huzurlu yaşamak isteğindeydik. Kovulmuştuk, ağabeyimle babam Rumlar tarafından öldürülmüştü; ama biz bu acılara bir yenisini daha eklemek istemiyorduk.

Bizler Yunan'ın Anadolu'ya çıkışında evlerimize kapanıp ağlamıştık, Rumlar bu olayı düğün dernek kutlamışlardı. Bunlar bizi ruhen çökertiyordu. İyi geçinmeyip de ne yapabilirdik? Hele Anadolu'dan savaş tutsağı olarak getirilen Türk asker ve subaylarını Hanya'daki 'Üsera Kampı'nda(*) görmemiz, olağanüstü yaralıyordu bizi. Ben, yarı gizli, yarı açık ziyaretlerine gidiyor, avutmak amacıyla da gücümüzün yettiğince öteberi götürüyordum.

Geçen haftalarla birlikte kapıdaki Rum nöbetçiler, bana alıştılar, ziyaretlerimi hoş görmeye başladılar. Arkadaş olduğum Bursalı Mülazım-ı sani(**) Kemalettin Bey, beş-altı yaş büyüğüm çıkınca, ağabeyliğini kullanarak, Türkçemi geliştirme çabasına girişti.

"Hasan," dedi. "Türkçen yok gibi bir şey. Olmaz bu. Ayıp şey!"

"Ne yapayım Kemalettin Bey," dedim. "Köyde kentte bu kadarını öğrenebildim."

(*) Esirler kampı.
(**) Üsteğmen.

"Otuz kırk sözcükle, Türkçeyi biliyor sayılmazsın. Bunu ilerletmemiz gerekiyor."

"Pekiyi, ne yapacağız?"

"Cumartesileri patronunun evine yemeğe gidiyorsun ya, gitmeden önce bir saat izin alsan, yavaş yavaş bu işi çözeriz."

"İyi ama," dedim, "ben bu Arap harfleriyle yapamıyorum. Sadece Kur'an'ı okuyorum, yazmaya gelince beceremiyorum."

"Sabırlı olursan, onu da başarırsın. Hele bir başlayalım, görürüz."

Kir Vladimiros, bu habere sevindi. Atalarımdan gelen kültürü de almamın koşul olduğunu söyledi. Her cumartesi ikindi sularında Türkçe'ye çalışma iznim vardı artık.

Bir defter, bir kalem, çalışmaya başlamamıza yetip artmıştı. Kemalettin Bey, her derste elimdeki deftere on sözcük yazıyor, sonra bunları tekrar tekrar yazmamı istiyordu. Sıkıntım büyük olmuştu, çünkü Arap harfleriyle yazıyordu. Bunları aynı biçimde yinelemem dersin kuralıydı. Kemalettin Bey yazarken, yüksek sesle de sözcüğü tekrarlıyordu. Bana tek tek söyletip, anlamlarını da açıklıyordu. Sözcüğü yazarken de her harfi ayrıca belletiyordu.

Arap harflerini –demek ki Kur'an'da sadece bir hafızlıktı benimkisi– koca koca yazmakta, bellemekte iyice sıkıntı çeker olunca, daha doğrusu yılgınlık baş gösterince, Kemalettin Bey'e bir öneride bulundum:

"Tanrı'nın günü Yunanca yazıyor, patronumun gelir gider listesini o dilde hazırlıyorum. Senin bana öğrettiklerini Yunan harfleriyle yazsam, alışkanlığım nedeniyle daha iyi ve çabuk öğrenmiş olmayacak mıyım?"

Kafası almadı, durdu.

"Sıkıntı çektiğimi gören patronum, buradaki Girit Türkü'

nün tersine, Anadolu'nun ortasında yaşayan Karaman Rumları'nın Yunan harfleriyle Türkçe yazdıklarını, Türkçeyi o yöntemle konuştuklarını söyledi."

"Birkaç örnek yaz ve oku bakalım," dedi.

İlk kez duyduğum Türkçe sözcüklerden birkaçını ağır ağır söyleyerek yazdırdı bana. Yunan harfleriyle yazdığım bu yeni sözcükleri heceleyerek, başarılı bir biçimde seslendirince hayli sevindi.

"Hasan," dedi, "bu yöntemle seni, umduğumdan da iyi bir düzeye getireceğim. Gayret!"

Haftalar geçtikçe, Türkçe sözcük haznem zenginleşiyordu. Bir İstanbullu olan Kir Vladimiros, her dersten sonra öğrendiklerimi soruyor, yazdıklarımı bana okutarak, söyleyiş biçimime kulak veriyor, bir şey unutur da yanlış yaparsam, düzeltiyordu. Verdiği dersi ertesi hafta bana tekrar ettirerek kontrol eden öğretmenim Kemalettin Bey, gelişmeden memnun oluyordu. Ondan Türkçemi ilerletirken, patronumdan da sözcüklerin Yunanca açıklamalarını alarak, dilbilgimi sağlamlaştırıyordum. Yani biri doğrudan, diğeri dolaylı iki Türkçe öğretmenim vardı. Zamanla da, en küçüğünden başlayarak, tümceler kurmaya başladım.

III

Kir Vladimiros'un insancıllığı, ırkının da eğrisini doğrusunu görebilen ve yeri geldiğinde eleştirmekten geri kalmayan bir düzeydeydi. Osmanlı'nın başkentinde yetişmişti ya, basımcılık mesleği onu okumaya itelemiş, okumak da mantığını geliştirmişti. Düşüncede de namusluydu, toplumsal yaşantının gereklerinde de. Hatta bunları yazarken şimdi, İç Anadolu'dan gelip bizler gibi buraya yerleşmiş bazı kişilerde gözlediklerime bakarak, has adamdı eski patronum, diyorum, çok da bilgiliydi.

Bir cumartesi akşamı, evindeki büyük masada yiyip içerken:

"Patron," dedim, "sizinkiler, bizimkilerin yönetimi altında mı yaşadılar hep?"

"İyi bir soru Hasanaki," dedi. "Sizinkiler Orta Asya'dan kalkıp buralara gelene dek, bizimkiler yayılıp durmuşlar. Yukardaki başlar bunu bilir de, sıradan Yunan bilmez. Yayılmacılığın sadece siz Türklerde olduğunu sanarak, saldırır dururlar!"

"Yaaa! Sahi mi?"

"Elbette. Türklerin yayılmacılığından daha önce, çok önce

benim cetlerimin suçları var Hasanaki. Bizimkilerin sizlere yaptıklarına bakma sen. Benimkiler, buralara kadar sarkan Osmanlı daha görünürde yokken Küçük Asya'yı, yani Anadolu'yu geçtiler, Afganistan'ın kuzeyinden, Semerkant, Kabil derken, Çin'e vardılar. Oradaki bir kısım yere Yunan eyaleti, dediler. Bu isimler sana, coğrafya okumadığından, acayip geliyordur, ama gerçek. Pazartesi hatırlat, basımevindeki dünya haritasında bu yerleri göstereyim."

"İnanılır gibi değil!"

"İnan oğlum inan. Baş yayılmacı bizimkilerdir. Sadece Küçük Asya ve Asya değil, Akdeniz'in tümüne yayıldılar. Papazları da göndererek tonla insanı Hıristiyanlaştırdılar. Kafanı fazla karıştırmadan, Asya, Afrika ve Avrupa'ya yayıldılar, dememem yeter sana. Avrupalılar bizden bıkıp da önümüzü kesene kadar sürdü bu iş. Ardından Orta Asya'dan kalkıp gelen sizinkiler de sürmeye başlayınca bizimkileri, dar bir alanda sıkışıp kaldık. Şimdiki kavganın temelinde bu yatıyor, yayılmadan sonra sıkıştırılmış olmamız. Türkler savaşçı insanlar, bizimkiler için işin kötü tarafı bu."

"Bu söylediklerin şaşırtıyor beni."

"Gelecek zaman içinde," dedi, "okuyup gözün açıldıkça, bilgiler kazandıkça söylediklerimin doğruluğunu anlayacaksın oğlum. Buradaki cinayeler ürkütmesin seni. Eski yayılmacılığımızın can çekişmesidir bunlar. Çünkü Avrupalılar bir yandan, Orta Asya'dan gelen senin cetlerin bir yandan, bizimkilerin kılıçlarını ellerinden alıp kırdılar. Dikkat edersen görürsün, biz Rumlar ticaret adamları olduk. Yani yayılmacılığımızın önden arkadan hızı kesilince, işi ticarete döktük."

"Patron, bu cinayetler ürkütmesin seni, diyorsun. Nasıl ürkmeyeyim? Evimizin direği iki insanı yok ettiler, evimizden, toprağımızdan sürdüler!"

O akşam için, annemin gönderdiği, kabakçiçeği dolmalarından birkaç tane daha tabağına alan Kir Vladimiros:

"Öyle bir şey ki bu," dedi, "tadından içkiyi bile unutuyorum."

Bir yudum beyaz şaraptan sonra, ağzına aldığı dolmayı çiğnedi, konuşmasını sürdürdü:

"Kavraman için bazı şeyleri, tekrarlamak zorunda kalıyorum. Bizimkilerin bu yaptığı, bir çırpınıştır. Başına gelen felaketler, bu çırpınıştan hissene düşenidir! Dedim ya, yayılmıştık, bir güzel götürüyorduk işi. Sonra kovalandık, buralara sürüldük. Bu, sürüldüğümüz yeri ele geçirme savaşımıdır. Katalaves?(*)"

Karısı Kira Evthimiya, güleç yüzüyle söze karıştı:

"Vladimiros, yeter bu anlattıkların," dedi. "O kadar çok şey söyledin ki, Hasanaki şaşkın. Biraz da havadan sudan söz edin. Şu pazı böreğinden de alın biraz, hadi bakalım."

(*) Anladın mı?

IV

Kör Rahmi'nin baldızı Süslü Hüsnüye ile ilişkimizin başladığı tarihte, köyden getirdiklerimizden elde avuçta kalanlarla, geçmişteki seyyar satıcılığımdan ve basımevinden aldığım haftalıklardan biriktirebildiklerimizi topladık, Veneti Kastana'da, kiracı olarak oturduğumuz evi satın aldık. Annemin üretken, idareli bir ev kadını olmasının yararı büyüktü. Köyümüzden kovulduğumuzda on üçündeydim, kentte ev edindiğimizde yirmi ikimde. Başımda artık fes vardı. Matbaacının dışarıdaki işlerini, aldı verdisini yönetmem, bir Hıristiyan'ın yanında çalışmam, giysilerimde daha özenli, daha derli toplu olmamı zorunlu hale getirdi. Bu giderek bir alışkanlığa ve zevke dönüştü.

Bana 'Aynakis' yakıştırmasını yapan, Süslü Hüsnüye olmuştu. Bu, zamanla lakabım oldu, adımın başına yerleşti. Kılık kıyafetimin, Rum kadınlarının olsun, Türk kadınlarının olsun ilgisini çektiği kesindi. Bu da benim hoşuma gidiyordu. Ağabeyim Mahmut'un köyümüzdeki dul komşumuz Fotini ile oynaşması, beni de heyecanlandırmış, erkekliğimin bilincine vardırmıştı. O günlerden, Süslü Hüsnüye ile işleri pişirinceye kadar geçen zaman diliminde, Hanya'nın varoşlarındaki evine erkek kabul eden bir Rum kadınına gitmem, bedensel olarak rahatlamamı sağlıyordu. Oysa bana göre, sadece bedensel değil, ruhsal birleşme de gerekiyor. Bir insan oynaşmadan, gülüşüp öpüşmeden bir kadınla yatarsa, salt bir enerji boşalımı yaşamış olur, o kadar...

Süslü Hüsnüye'yle ise, tam bir sevişme ve birleşme yaşıyordum. Splantzia'daki Floru'nun kahvesinde ocakçılık yapan eniştesi, tam gören, iki gözlü bir adamdı ama, nedense Kör Rahmi diyorlardı ona. Yani körlüğü bir lakaptı, tıpkı bana Aynakis denmesi gibi. Baldızının şık şıkırdım, ceviz kırdığının ayırdında olmadığı için mi, yoksa bir başka şeyden ötürü mü bu söylenmişti, bilmiyorum.

Bir gün, çalıştığı kahvenin önünden geçerken, ta dipteki ocaktan seslendi bana:

"Aynakis, uğurlar olsun!"

Yolumdan döndüm, içeriye girdim.

"Bana seslendiğini anlamasına anladım da," dedim, "bu Aynakis lafı da nerden çıktı böyle?"

Kulağıma doğru eğildi:

"Baldızım Hüsnüye," dedi, "o böyle diyor sana. Ben sadece Hasanaki diye biliyorum."

"Pekiyi şimdi, tanımadığım baldızının hatırına adım Aynakis Hasan mı olacak yani?"

Kör Rahmi mütebessim:

"E vallahi, fena değil hani!" dedi.

Sonra çağırma nedenini anlattı: Baldızı Hüsnüye'nin hükümet katında halledilebilecek işi vardı, bunu halledebilir miydim? Mutlaka halledermişim, çünkü iş basitmiş, ayrıca patronum Vladimiros da bana yol gösterebilirmiş vs. Bilgi almam için baldızının evini tarif etti; hakkımın ödeneceğini söylemeyi de ihmal etmedi.

Ertesi sabah, patronun günlük iş listesini alıp dışarı çıktığımda, ünlü Süslü Hüsnüye'nin evine, sabahın bu saatinde gidip gidemeyeceğimin hesabına daldım. Sonuçta gitme kararına vardım. Süslülüğüyle adı çıkmış bir kadının, sabah sabah ev halini görmek, benim için tatlı olacaktı. Hem bilebilir misin, belki de... Sonra bu tatlı düşten uyandım ve kendi kendime, "Yok yahu," dedim, "Bunlar işlerini güçlerini bırakıp beni mi bekliyorlar yani!" Ama bana lakap yakıştırdığına göre, bunun bir nedeni olmalıydı... Bu bir ilgi belirtisi sayılamaz mıydı?

Bu tür düşüncelerle Hüsnüye'nin kapısını bulup çaldığımda, sabahın dokuzu olmuştu. Yaşlı bir kadın açtı. Rahmi Efendi'nin gönderdiğini söyledim, adımı verdim. Bezdirecek kadar uzun bekletti, sonra buyur etti. Girişte gösterdiği mindere oturup beklemeye başladım. Bir süre geçti, üst kata çıkan merdivenin başında bir kadın belirdi. Bir an durdu, aşağıya, bana baktı. İriyarıydı; ama altı da üstü de iki ayrı üçgen gibiydi. Belinin ince oluşu, devliğine bir zarafet, bir çekicilik katmıştı. Beyaz tenliydi, yüzü boyalıydı, saçları uzun ve kıvır kıvırdı. Geldi, rahat bir tavırla minderin öbür ucuna oturdu; gözleri de saçları gibi karaydı.

"Hasan Efendi," dedi, "enişteme söyleyeli üç gün oldu. Dün seni gördüğünü bildirdi. Bugün gelirsin diye bekliyordum. Aynakis yakıştırmasını yaptığımı da söyledi mi bari?"

"Evet. Hem gelmemi, hem de yaptığın yakıştırmayı söyledi."

Kara gözlerini gözlerime dikerek:

"Beraberce bir kahve içeriz, değil mi?" dedi.

Yanıtımı beklemeden, yaşıl kadına iki kahve yapmasını söyledi. Sonra da derdini anlatmaya koyuldu: Babalarından kalanı iki kız kardeş eşit bölüşmüşler. Ne ki, ablasıyla eniştesi paylarına düşenleri koruyup üretmek yerine, kısa sürede yiyip içerek tüketmişler, Rahmi kahve ocağında çalışmak zorunda kalmış. Bu ise hem malını korumuş, kadın girişkenliğiyle de –nasıl becermişse– gelir sağlayarak, yaşamını sürdürür olmuş. Yalnız son zamanlarda ortaya çıkan bir Rum, elinde birtakım belgeler bulunduğunu ileri sürerek, Hüsnüye'nin kiradaki dükkânı üzerinde hak iddia ediyormuş. Benden istediği, kendisi adına bu işi izleyip temize çıkarmamdı.

Bu kadında, ne ağabeyimin oynaşı Fotini'nin ne de benim ilk erkeklik deneyimlerimi yaşadığım Hanya varoşlarındaki Rum kadının havası vardı. Bu, başka bir şeydi; gözleriyle insanı kendine bir uçurum gibi çeken, erkekliğini canlandırarak şaşırtan, sarhoş eden bir hava... Daha doğrusu bilinmezlik ve heyecan... Kahveyi içip derdini anlatırken de yavaşça yanıma yaklaşmış, ara sıra bir noktaya dikkatimi çekmek ya da bir şeyi vurgulamak için koluma değmeye ve zaman zaman tutmaya başlamıştı. Onun bu anlatım ve davranış biçimi, yüzünü okşama ve ince belinden tutma isteği uyandırıyordu bende.

Verdiği bilgileri Kir Vladimiros'a naklettim, neler yapılabileceğini sordum, yardımını rica ettim. Masanın başına geçerek, Süslü Hüsnüye'nin ağzından bir dilekçe yazdı. Bu dilekçeye ertesi gün kadının mührünü bastıktan sonra, valilikte çalışan Stamatakis adlı bir memura götürmemi, selamını da iletmemi istedi. İşi halledecek bu memurun evine de beş okka, yeni çıkan, 'malak' denilen peynir ile bir damacana iyi bir şarap götürmemi tembih etti.

Sabahleyin, yine Hüsnüye'nin evine giderek, patronumun yazdığı dilekçeyi okudum, altına kadının mührünü bastım; bu işi halledecek memura verilecek rüşvetleri sıraladım; tümüne de olur verdi. Dilekçeyi hemen vilayete götürerek Kir Stamatakis'i buldum, patronumun söylediklerini kulağına fısıldadım. Kir Vladimiros'un ismini duyunca yüzü aydınlandı. Dilekçeyi dikkatle okuduktan sonra bana döndü, "Kir Vladimiros'un burada yazdıkları kesinlikle doğrudur, konuyu kapanmış bilsin," dedi.

Basımevinin işlerini aksatmamak amacıyla, sabahleyin iş listesini alıp çıktığımda uğruyordum Süslü Hüsnüye'ye. Ertesi gün de peynirin, şarabın fiyatlarını saptamış olarak gittim, tutarını söyledim. Patronumun hatır için yazdığı dilekçenin, yine onun hatırıyla kabul edildiğini, Rum'un dükkânla ilgili girişiminin engellendiğini, düşüneceği, tasalanacağı bir derdi kalmadığını anlattım. Rüşvet peynir ile şarabın, iki hamal parası da içinde olmak üzere, tutarını verdi. Bu kez yaşlı kadın yoktu ortalıkta. Kahve önerisi, bugün değişikti, daha işveliydi.

"Hatice Hanım yok," dedi. "Önce bir tatlı, sonra da elimden bir kahve içersin değil mi?"

Girit'in o ünlü misafir ikramını yaptı: Turunç reçeli getirdi, yanında da bir bardak su. Ardından kahveyi yapmak üzere mutfağa gitti. Kısa bir süre sonra, ben de mutfağa yöneldim. Genzinden gelen o kısık, beni çeken sesini daha çok duymak isteğindeydim. Ona değmeliydim, daha çok konuşturmalıydım. Üç günden beri aklımı başımdan alan, etrafımızdaki korkuları, panikleri unutturan bu kadınla bir şeyler olmalıydı, düpedüz istiyordum onu. Yaptığım aracılıktan ötürü para falan da düşünmüyordum.

Çekingen ayak seslerimi arkasında duyunca döndü, daha ona değmeden, dokunmadan durdurdu beni:

"Ben getirirdim kahveni," dedi. "Gelmeseydin."

Kör kuyu gibi derinliğine çeken gözlerine, istekle baktım:

"Seni daha yakından görmek, sesini daha çok duymak için geldim."

"Hatice Hanım her an gelebilir, rezil oluruz sonra!"

Bu mazeret, sudan bir mazeret gibi geldi bana. Gerçekle hiç ilgisi yoktu sanki. Hiç tanımadığın elin adamına lakap takacaksın, derdini evin kapısında söyleyeceğine, onu içeri buyur edecek, o da yetmez, konuşurken ikide bir eline koluna değeceksin, bu da yetmez, süzgün süzgün bakacaksın, bunlar da yetmez, adamın geleceğini bildiğin saatte kadınını bir bahaneyle ev dışına göndereceksin, sonra da adam bir yerini tutmak istediğinde Hatice Hanım'la korkutacaksın. Olur şey değildi bu. İki elimle ince belini yakalayıp, kendime çektim, ağzının kenarından yanağına sıcak, uzun süren bir öpücük kondurdum. Sesi soluğu kesildi, yemek masasının yanındaki sandalyeye yığılırcasına oturdu, derin derin nefes almaya başladı. Uzun kıvırcık saçlarının süslediği yüzü kıpkırmızı, burun delikleri soluklarından kocaman olmuştu. Benden boyca uzundu, iriydi. Nasıl olmuştu da ağzım onunkine denk düşmüştü, anlayamamıştım. Herhalde belinden kavradığımda içgüdüsel olarak eğilmiş olacaktı bana, başka bir açıklaması olamazdı. Gevşemesi, yüzünün kızarması, tekrar yüreklendirdi beni ve bu defa ağzına yapıştım.

Bu yapışış bir sevişme fırtınası doğurdu. O sarılmalarla, âdeta hırs içeren öpüşmelerle kendimizden geçerken, idarenin ona geçtiğini fark ettim. O beni yönlendirmeye başlamıştı şimdi. Hatice Hanım'ın gelebileceğinin hikâye olduğu meydana çıkıyordu. Varoştaki Rum kadından görmediklerimi, bilmediklerimi yapıyordu bana. Dayanamaz hale geldiğimde, hemen oturduğu o hasır sandalyede bacakları arasına çekti, aldı beni. O içinde bulunduğumuz mutfağın duvarlarında çın çın yankılanan bağırtıları, fırtınanın son bulduğunu gösteriyordu. Sandalyeye başı arkada yığılırken, bir eliyle de önünü kapatmaya çalışıyordu. Bembeyaz düzgün bacakları iki yana, olabildiğince açıktı.

V

Basımevinin girdisi çıktısı, aldısı verdisi bir okul gibi gelmişti bana. Bu nedenle de özellikle yazları, patronumun hem yaşı, hem sıcaklar nedeniyle içkiyi azaltması işime geliyor, akşamları, bazen cumartesileri de, tabii izinlerini alarak, yaşıtlarımın gittiği meyhanelere gidiyordum. Basımevinin bana okul gibi gelmesinin nedenleri çoktu: İlkin, sokak satıcılığına benzemeyen ciddi bir alışveriş öğretiyordu, ikincisi kafamı zenginleştiriyordu, üçüncüsü görgüm artıyor ve işi kotarma becerim gelişiyordu. Dahası, evimi rahat geçindiriyordum. Bu artıların en güzeli de Süslü Hüsnüye olayıydı.

Hüsnüye, güzel olduğu kadar sıcak bir kadındı; ama bunu, onu yakından tanımayanlar bilemezdi. İç dünyasının zenginliği ile, sevişmelerindeki ustalık ve sıcaklık, ancak benim gibi koynuna girebilmiş sayılı insanın bilebileceği bir sırdı. Dıştan görenler, "Vay! Ne güzel kadın bu yahu!" deyip geçmişlerdir, arkasından türlü çekiştirmeler de yapmışlardır, ama o kadar... Ne onun Hanya'nın yoksul denizci kesiminin oturduğu Kumkapı'dan ve Kuzey Afrika kökenli olduğunu bilirlerdi, ne de aşktaki ustalığını. Ne hazırladığı güzel içki masalarını, ne de kibarlığı elden bırakmadan iyi bir içkici olduğunu...

Denizci babanın, iki kızı için yaşam boyu verdiği savaşımla kazandıklarından Süslü Hüsnüye'ye isabet edenler, beceriklilliğiyle hayatını sürdürmesine yetiyordu. Hüsnüye, yoksulluğun ne demek olduğunu çok iyi biliyordu çünkü. Ablası ile eniştesi Kör Rahmi'nin aksine, Hüsnüye payına düşenlerin üstüne titremiş, malını korumasını bilmişti.

Aşktaki ateşliliği, ustalığı nerden geliyor, diye çok düşündüm. Bazen uygun sandığım anlarda kendisine sordum, konuşturmak istedim, fakat konuşmuyordu.

"Soyumdan geliyor," diyordu. "Yaradılışımda var."

Bunu yanıtlamış ve de kanıtlamış olmak için hemen sevişmeye girişerek, başkaca bir şey söylemiyordu. Açıklama yerine aşk yapıyordu!

Haftada iki-üç kez kabul ediyordu beni. Verdiği gün ve saatte, dakikası dakikasına orada bulunmam koşuldu. Anlıyordum ki komşularına, etrafa göre saati saptıyordu. Gittiğimde de, hizmetlisi kadın Hatice Hanım'a rastlamıyordum hiç. Sanki yer yarılıyor, içine giriyordu Hatice Hanım. Sessizliği bozan tek şey, her sevişmenin sonuna doğru, Hüsnüye'nin kopardığı feryatlardı. Onun, zevkin doruğundayken çıkardığı sesler, bağırtılar, boğazlanmakta olan bir insanın çıkarabileceği seslerdi sanki. Çok defa, komşularının duyabileceği korkusuna kapılarak, iki avcumla ağzını kapatıp bastırmaya çalıştığımı anımsıyorum.

Hüsnüye ile yaşadıklarımın bana verdiği zevkler ve deneyimler, ilerde başka kazanımlarım olmasına ortam hazırlıyordu. Beni zevklendirirken, öylesine de eğitiyordu ki, kazandığım ustalıkla, 1923'te göçmen olarak geldiğim Ayvalık'ta yaptığım evliliği hesaba katmadan söyleyeyim, biri Rum olmak üzere dört kadının daha ilgisini çekmiş, onların yataklarına girmiştim.

Bir yandan evimi geçindirdiğim işim, bir yandan patronumla olan yakın ilişkim, bir yandan arada bir gitmeye başladığım meyhanelerde tanışıp arkadaş olduklarım ve nihayet Suslü Hüsnüye, biz Türkleri korkutup kaçırtmayı amaçlamış Rumların yeni kepazeliklerini az duyurtuyordu bana. Daha doğrusu paniğe yönelik etkileri daha az bunaltıyordu beni. Oysa neler yapmıyorlardı ki: Sokakta kimi Türklerin feslerini kapıp parçalıyorlar, Türklük ve Müslümanlık için en ağır küfür ve aşağılamalarda bulunuyorlar, eşek, kedi, köpek gibi hayvanlara da bizlerin isimleriyle sesleniyorlardı. Minarede ezan okuyan müezzine taş atmalar doğallaşmaya başlamıştı. Müslümanların kapıları şiddetle çalınarak, terör havası estiriliyordu. Kendi haksızlıklarını bizimkilere yüklemek, Türklerin zeytin tarlalarını, bahçelerini yağmalamak, ramazan ayında Müslüman'a zorla şarap içirmek ve istavroz çıkarttırmak gibi vicdansızlıklar hızla artıyordu. Ak pak yaşlılarımıza, yani savunma gücü kalmamış büyüklerimize, yollarında giderken saldırmalar, devlet dairelerinde çalışan Türkleri işten atmalar, öldürülen Türklerin katillerinin bulunmaması, bulunabilenlerin beraat ettirilmeleri, beraat etmeyenlerinin ise üç-beş ayda tekrar sokağa salınması gibi, saymakla tükenmeyecek kadar, insanı bezdirici, isyana sürükleyici, insanlık dışı davranışlar...

Fırsatını yakalayıp Palea Agora'daki, Voleonitis'in meyhanesine gidebildiğim bir akşam, arkadaşlarım Badoyan Mustafa ile Grand Mehmet'e bu konuları açtım. Açmaz olaydım... Sinir bozukluğundan ne yapacaklarını bilemez hale geldiler, kadehleri peşpeşe yuvarlamaya başladılar.

Basımevi çalışanları, kimi beni sevdiğinden, kimi Vomvolakis gibi nefret ettiğinden haberleri taşıyıp duruyorlardı. Ama her iki tarafın da getirdikleri kötü haberler oluyordu.

Hele Yunan'ın Anadolu'ya çıktıktan sonra, yakalayıp buradaki kampa tıktığı Türk subaylarından, Türkçe öğretmenim Kemalettin Bey'den duyduğum bir haber, salt çıkara dayalı, iki yüzlü politikanın iğrençliğini kanıtlıyordu. Bizi yurdumuzdan etmek için çıkartılan kanlı başkaldırıların son elebaşısı Venizelos'un yakın adamlarından Mihalis Matrakis, Ege'yi karış karış tarayarak "... yüzlerce yıl sizin egemenliğinizde yaşadık; şimdi kavga bitti, biz kazandık. Bundan böyle eşit koşullar altında, birlikte yaşayacağız. Endişelenmeyin. Bizimle başa çıkmaya da çalışmayın, çünkü büyük devletler yanı başımızda, bizimle birlikte..." diyerek propagandalar yapıyordu. Bu işte acıklı olan neydi biliyor musunuz? Bu propagandanın, ada Rumlarının geçmişten günümüze dek gelen zulüm ve cinayetlerinden kaçan Türklere yapılmasıydı!

Daha bir hafta önce, Varusi'deki Darmar İbrahim Bey'in çiftliğine yapılan saldırıyı tüm dehşetiyle yaşayan kâhyası Badoyan Mustafa, anlattıklarıma inanamadı:

"Utanmazlığın en alçak derecesi herhalde bu," dedi. "Yahu sen, yirmi beş-otuz yıldan beri burada insan doğruyor, feryat figan kaçırtıyorsun! Bizim Türkler böyle mi yapıyordu sana?"

Balcılık yapan, arı kovanlarını Rum eşkıyasından nasıl kaçırıp, nerelerde gizleyebileceğinin kara hesabındaki Grand Mehmet:

"Yukardan aşağı," dedi, "hepsi sahtekâr bunların. Öteki Hıristiyanları yedeğine alarak Müslüman kandırmaya çıkıyorlar."

Öğretmenim Kemalettin Bey'in yaptığı bir yorumu anımsayıp naklettim onlara. Şöyle demişti:

"Böyle yaparak, bu tür konuşmaları Anadolu kıyılarındaki Türklere yayarak, bir araya gelip karşı koyucu bir güç olmalarını engellemeyi amaçlıyorlar. Çünkü biliyorlar ki, her şeyi bir yana itip elbirliği yapacak Türk'ün önünde durulamaz olur!"

Meyhaneci Voleonitis, akıllı ve insan Rumlardandı. Patronum Vladimiros'a benzer yanları çoktu. Her derdi, her konuyu rahatlıkla tartışabildiğimiz bir yerdi onun meyhanesi. Hoş olan bir başka yan, bu meyhaneye gelen müşterilerin de bu olgunlukta olmalarıydı. Özellikle benim keyfime diyecek yoktu. Voleonitis ve kendisi gibi rahat davranan öbür müşterileri sayesinde, kendimi, patronumun evinde kurulan cumartesi sofralarındaki kadar rahat duyumsuyordum bu meyhanede. Burası, yarını belirsiz bu adada, güvenle oturulup iki kadeh içilebilen sayılı yerlerden biriydi. Arkadaş topluluğumuzla gidebildiğimiz diğer yerler de şunlardı: Cezayir Kolu denilen semtte Nuri'nin meyhanesi, Pavli'nin meyhanesi, bir de bunların en lüksü olan ve seyrek gidebildiğimiz Renieri. Biz, Cezayir Kolu'ndaki meyhaneye, 'Nuri'nin meyhanesi' diyorduk kendi aramızda, oysa asıl adı 'Savaş Çocukları'ydı. Bizim kuşağın, güzel bir tanımıydı bu isim. Yerimizden yurdumuzdan dışlanıyorduk. İçsavaş, sahil kenarına kadar getirip atmıştı bizi. Aile bireylerimiz şu ya da bu biçimde yok edilmişti. Bundan sonra daha nelerle savaşacaktık, bilmiyorduk. Nitekim, Nuri'de toplandığımız bazı akşamlar, geleceğimizin karanlığını düşünen kimi arkadaşlarımız, yüksek sesle kadeh kaldırıyorlardı:

"Haydi bakalım, savaş çocukları için!"

Olumsuz tüm haber ve gelişmelerin bende panik yaratmamasının temelinde, Kir Vladimiros ile öğretmenim Kemalettin Bey'in fikirleri yatıyordu. Onlardan edindiğim bilgiler ve olaylar karşısında yorum yapabilme gücüm, biraz daha ferah tutuyordu beni. Bir yanımda insancıl patronum Vladimiros, bir yanımda anayurdumuzdan savaş tutsağı olarak getirilmiş Türkçe öğretmenim Kemalettin Bey... Biri Hıristiyan olmasına karşın ender bulunabilecek bir insansever, öteki, tıpkı benim gibi savaşzede! İkimiz de Yunan'ın vahşetini görüp yaşamışız, geleceğimiz ise karanlık... Vladimiros, tüm bunların yukarılardan düzenlendiğini, bu yayılma oyunlarının gereğinden olarak sıradan insanların öldüklerini, yerlerinden yurtlarından olduklarını, aç kaldıklarını anlatır, beni ferahlatmaya bakardı.

"Benim ceddimle başladı bu yayılmacılık," diyordu. "Sonra seninkiler doğudan gelince bizimkiler kaçtı, küçüldü. Şimdi bizimkiler dış güçlerin desteğiyle sizinkileri kovalamaya başladılar. Bu nereye varır bilemem... Tabii bu oyunun da geri tepme dönemi gelecek, bu kez sizinkiler kovalayacak, bizimkiler kaçacak. İster Türk, ister Rum olsun, ezilen, acıyı çeken hep halktır, insandır yavrum. Yukardakilerin, koltuklarını korumak için ikide bir sahneye koydukları bu oyunlar olmasa, bizler, yani halk ister bir arada de, ister yan yana de, barış içinde yaşar gideriz. Rahat bırakmazlar evladım, yığınları sürekli birbirlerine kırdırırlar. Bunları iyi belle, yanımda kalacak değilsin hep. Kimbilir, belki Anadolu'ya gönderirler sizleri..."

İşte bu son söz üzerine paniğe kapılmıştım. Anadolu'ya gitmek; doğup büyüdüğüm, tüm acılarına karşın, yeni yeni meyvesini yemeye başladığım Girit'imi, Hanya'mı bırakıp, anavatan da olsa bilmediğim bir yere gitmek? Benim için vatan burasıydı!

"Deme, korkutma beni patron!"

"Korkutmak amacıyla söylemiyorum oğlum. Şimdiye dek olanları sıraladım, ardından da olabilecekleri. Hem ailece ısınıp sevdiğimiz senin, burdan gitmeni ister miyiz biz? Ne edelim ki bu da bir olasılık, hem de kuvvetli bir olasılık. Yoksa bende çalışmasan da, Girit' te, burada Hanya'da kalmanı istemez miyim!"

"Şimdi şimdi rahata ererken, Girit'imizi terk etmeyi düşünemem patron. Senin yanından ayrılmaya gelince, bana daha çok kazandıracak, daha bağımsız olabileceğim bir işle karşılaşana kadar aklımdan geçmez. Öyle bir iş çıksa bile, sana danışıp iznini almadıkça yine gitmem."

VI

Kir Vladimiros'la olan, ikimizi de duygulandıran o kısa konuşmanın üzerinden bir ay kadar bir süre geçmişti ki, bir cumartesi akşamı ziyaretini tatlılıkla redderek ve tabii iznini alarak, Pavli'nin meyhanesine gittim. Arada bir yaptığım bu cumartesi kaytarmalarımı karı-koca Vladimiroslar hoş görüyorlardı:

"Sen gençsin," diyorlardı. "Annen yaşlı, bizler yaşlı... Hep yaşlılarla oturacak değilsin. Çeşit çeşit arkadaşların olacaktır elbette, onlarla da buluşacaksın."

Çeşit çeşit arkadaşlar demekle, Kir Vladimiros ve karısı, sezinledikleri Süslü Hüsnüye'yi de kast etmiş oluyorlardı. Ama incelikleri, bu kadar konuşturuyordu onları. Hele Kira Evthimiya cümlenin sonunu söylerken, nar gibi kızarıyor ve gülüyordu.

Birkaç kez yakalamıştım... Splantzia Meydanı'ndaki Alyot'un kahvesinin üstündeki evin, ben geçerken perdesi aralanıyor ve bir kadın bana bakıyordu. Bu bakışları yakaladığımda da, perde hızla kapanıyordu. Merak bu ya, sorup soruşturmuş, onun, Mariya adında varlıklıca bir kadın olduğunu, ev, bağ bahçe, dükkân gibi taşınmaz mallar alıp sattığını öğrenmiştim. Bir kadının, daha o tarihlerde, yani 1920'lerde böyle bir ticaret kolunu yürütmesi, bir de bu işin komisyonculuğunu yapabilmesi ilgimi çekmişti. Yetişmemdeki gezici satıcılık, basımevinin dış işleri ve nihayet Süslü Hüsnüye'nin işi için yaptığım aracılık bana tatlı gelmiş, durağan bir işkolunda çalışamayacağımı anlamıştım. Bu deneyimler, komisyonculuk diye adlandırılan aracılığı içten içe benimsetmişti bana. Kafamda sürekli bu iş vardı, ama nasıl yapacaktım? İşte o akşam da Pavli'nin meyhanesine gitmek için yolu uzatmış, Alyot'un kahvesinin önünden geçerken, yukarıya baktığımda, görmeye alıştığım kadının bu kez perdeyi tam açarak, eliyle, "Gel!" diye işaret ettiğini fark ettim. Kahvenin üst katı olan evin kapısı yan sokaktaydı. Hızlı adımlarla köşeyi döndüm, kapıyı çaldım. Hemen açıldı. Dik bir merdivenin tepesinden bir kadın sesi duydum. Kapıyı açan kimse yoktu. Dikkatle baktım: Üst sahanlıkta tutulan gaz lambasının ölgün ışığında duvar boyunca kapıya kadar inen bir kordon vardı; bu kordonla açılmıştı kapı. Bir kadının, herhalde pencereden bakan kadının sesi:

"Kir Hasanaki," dedi, "yarın öğle yemeğinden sonra avukat Varuçakis'in yazıhanesine gelebilir misin? Seninle bir iş için görüşmek istiyorum."

Hem şaşırdım, hem heyecanlandım. Tanımadığım, ancak iş hayatı konusunda etrafındakilerden yüzeysel birtakım bilgiler alabildiğim kadın, benimle iş konuşacaktı.

"Memnuniyetle Madam," dedim ve iyi akşamlar dileyerek kapıyı çektim çekmesine, fakat bin bir düşünce Pavli'ye dek yordu kafamı.

Arkadaş grubumuza, o akşam Kavas Ahmet Ağa da katılmıştı. İtalyan Konsolosluğu'nda çalışıyordu. Uzun boylu, sırım gibi bir adamdı. İyi yemeğe ve beyaz şaraba düşkünlüğü vardı. Beyaz şarabı seviyordu ki, kırmızı şarap içilecek yemekte bile kural dışına çıkarak yine beyaz içiyordu. Konsolosun karısıyla yattığı söyleniyordu, arada takılırdık ona:

"Anlaşılan Sinyora iyi bakıyor sana. Ama onun yanında makarnayla da beyaz şarap içmiyorsundur, değil mi?"

O, sır vermez, sadece tebessüm ederdi. O tebessümü de herkes kendine göre yorumluyordu. Kimi, evet, kimi de yok öyle bir şey, bizimle dalga geçiyor, derdi.

Gerek adamızla, gerekse anayurttaki İngiliz, Yunan, İtalyan ve Fransız işgalleriyle, savaşlarla ilgili haberlerin bir bölümünü de Kavas Ahmet'ten alıyorduk. Konsoloshanede konuşulanlara kulak kabartması yetip artıyordu. İki-üç gün sonra Pavli'de ya da Nuri'nin meyhanesinde buluştuğumuzda haberler bizdeydi. Kemal Paşa'nın Anadolu'da orduyu örgütlemekte bulunduğunu, işgalcilerin bu gelişmeleri dikkatle ve kaygıyla izlediklerini yine Kavas Ahmet'ten öğreniyorduk. Saptadığımıza göre, Hanya'daki konsoloslar, bu Paşa'nın İstanbul Hükümeti'ni dışlayarak Anadolu'da gittikçe yer etmesinin, Anadolu'nun verimli toprakları olan Ege şeridinin, Yunan'a peşkeş çekilmesinde büyük bir engel oluşturacağını düşünüyorlardı; buydu kaygıları. Konsoloslara göre, Mustafa Kemal denilen bu paşa, komuta ettiği savaşlarda hiç yenik düşmemişti, bu kez de başarıya ulaşırsa, Yunan'ın hali yaman olacaktı.

Badoyan Mustafa ile Grand Mehmet kır adamıydılar, Kavas Ahmet ise işi nedeniyle kent insanıydı. Deneyimleri, görüş farklılıkları var olmasına vardı, ama tümü de dürüst insanlardı; derdine derman olmaya bakan, öğütleri içtenlikli Türklerdi. Hacara Hasan'dan sonra tanıdığım gerçek dostlarımdı onlar. Ne ki Hacara sertliğe sertlikle karşılık verenlerdendi, gözünü kırpmadan adam öldürüyordu! Badoyan ile Grand ise, onun tam tersi, konuşarak, tartışarak orta yolun bulunmasından, kıyımların, ocak söndürmelerin ortadan kalkmasından yanaydılar. İnsanca görüş açısından, patronum Kir Vladimiros'un Türk kanadını oluşturuyorlardı. Grubumuz genelde sekiz kişiydi. O akşam diğerlerinin bulunmayışı, kendime yakın bulduğum bu üç arkadaşıma, kahvehane üstündeki evde oturan Rum kadının konusunu rahatça açmama yaradı.

Badoyan Mustafa, kır insanının sabrıyla konuşuyordu:

"Karar vermekte aceleci olma. Hem bakalım seni ortaklığa mı istiyor, yoksa aylıkçılığa mı? Hem koşulları ne, bilmiyoruz ki!"

Arıcı Grand Mehmet'in ondan aşağı kalır yanı yoktu:

"Ne önerirse önersin," dedi, "pazarlığını sıkı yap, işi sağlama bağla. Sağlama bağlamazsan, şimdiki güzel işini kaybetmenin acısını duyarsın sonra, unutma."

Olasılıklar üstüne kurulu bu konuşmaların en olumlusu Kavas Ahmet'ten geldi:

"Sen bakma bizlere," dedi. "Bir atılım yapman gerekiyor. Ailesel sorumluluğun var, ablanlara yardım etmen ve evlenmen lazım. Bu madamın önerisini kabul etmen durumunda, sana çok yardım etmiş Kir Vladimiros'tan, onu kırmadan ayrıl ve sonrasında da onu ihmal etme, arada bir ziyaretlerine git, gönüllerini al. Adam sana sadece haftalık vermiyor, yaşam dersleri de veriyor; evladı yerine koyuyor, sofrasına alıyor. Hele hele bu politik olaylara, savaşlara dair söyledikleri çok yerinde ve çok değerli sözler. Koca İtalya konsolosu, yeminle söylüyorum, senin patronun kadar kafalı değil. Sonra, gerçekten insan yahu o. Şu koca Girit'te bir ikincisi bulunur mu, bilemem. Patrondan yana çok şanslısın Hasan, bunu böyle bil."

Kavas Ahmet'in ela gözleri coşkulu, uzun kolları hareketliydi, bunlarla sözlerini pekiştirmek istiyordu sanki. Badoyan ile Grand ise kırsal yaşamın davranışlarında oluşturduğu dinginlikle konuşuyorlardı. Meyhaneci Pavli, özellikle Kavas'ın el kol hareketleriyle konuşmasını tezgâhından izlemiş, meraklanmıştı:

"Çocuklar, Kavas'ın derdi ne böyle?"

"Yok yok," dedim, "benimle ilgili. Önemli değil."

Son gerçekçi sözü, kendine özgü ağır üslubuyla Badoyan söyledi:

"Hepimiz havaya konuşuyoruz şimdi," dedi. "Kadının ne söyleyeceğini, ne için çağırdığını bilmeden laf üretiyoruz. Yarın gittiğinde öğrenir, bize de söyler. Keyfimize bakalım, bırakın bunları artık."

Pavli'nin ciğer tavası çok lezzetli oluyordu, ondan isteyerek sürdürdük gecemizi. Bu ciğer tava, yıllar ve yıllar sonra, bizi yurdumuzdan eden büyük göçü izleyen aylarda Ayvalık'ta karşımıza çıkacaktı: Kavas Ahmet Ağa Ayvalık'a gelince ne yapsın? Burada İtalyan Konsoloshanesi kalmamış ki, kapısını çalsın, "Ben Girit'te Hanya'daki konsoloshanenizin kavasıyım. Nüfus değişimiyle buraya geldim, şimdi işsizim," desin ve iş istesin... Tabii bu olmayınca, Hanya'da devamcılığıyla kültürünü edindiği içkiciliği, mezeciliği, bu kez burada, Ayvalık'ta, meyhane işletmeciliğiyle Dereboyu'ndaki dükkânında sürdürecekti.

Ertesi gün öğlen yemeğinden hemen sonra basımevinden bir saat izin alarak avukat Varuçakis'in yazıhanesine koşturdum. Kapı önünde üstümü başımı, fesimi biraz daha düzelterek, kapıyı tıklatıp içeri girdim. Genişçe bir masanın başında, bıyıkları Alman İmparatoru gibi kocaman ve uçları yukarıya kıvrık, gömleğinin yakası bıyıkları gibi dik, kravatlı, esmer, iriyarı bir adam oturuyordu. Masanın karşı tarafında da şapkalı, karalar içinde bir kadın vardı. Sol kolu masanın üzerinde, yüzü bana dönüktü. Pencereden görünen yüzle bir benzerlik bulmaya çalıştım; o mu, değil mi diye. Evet bu kadın, o olmalıydı. Erkek, eliyle bir hasır iskemleyi göstererek:

"Hoş geldin," dedi, "buyur otur." Sonra kadına baktı:

"Siz mi anlatacaksınız, ben mi?"

Bana bakmakta olan kadın, adama döndü:

"Yok hayır," dedi, "siz anlatın, daha iyi olur."

Sonra, ikisinin de yüzü bana döndü.

VII

Madam Mariya'nın teklifi yüzünden, bir süre de olsa başım ağrıdı. Anamla ablamları, patronum Kir Vladimiros'la karısı Kira Evthimiya'yı, hatta Türkçe öğretmenim Üsteğmen Kemalettin Bey'i inandırmakta bir hayli sıkıntı çektim. İnandırmak günler ve geceler sürdü. Hele hele Süslü Hüsnüye, ağladı, sızladı, Madam Mariya'yı koynuma alacağım paniğine kapılarak, tırnaklarıyla üstümü başımı paralamak istedi. Madam'ın çok ciddi bir kadın olduğunu, böyle bir şeyin hayalimden bile geçemeyeceğini söylememe karşın, ağlamalarını, nazlarını hep sürdürdü. Ama her tartışmanın sonu onun istediği biçimde noktalandı: Kuzey Afrika kökenli ırkına has, hızlı ve gürültülü bir sevişmeyle…

Annemle ablamlar, basımevindeki bu çok düzenli işimi bırakırsam, aç kalır mıyız, geleceğimiz ne olur telaş ve hesabı içindeydiler. Arif Eniştemin küçük bakkal dükkânından sağladıklarıyla tam geçinemiyorlardı, arada bir destek çıkmamız gerekiyordu. Eh, bir yandan da annem, beni başgöz etmeyi kafasına yerleştirdiğinden, yeni işimden dolayı huzursuz oluyordu: Ya para kazanamazsam, Kir Vladimiros'u da gücendirmiş olacağımdan, nasıl evlendirirdi beni?

Esirler Kampı'ndaki dostum, öğretmenim Kemalettin Bey ise, başka türlü düşünüyordu: Bağımsız iş yapma, daha çok kazanma yolunda bu, sondan bir önceki adımdı. Bu nedenle fırsat iyi değerlendirilmeli, kaçırılmamalıydı. Ona göre, işi fazla uzatmadan, daha doğrusu kaçırmadan 'evet'i basmalıydım, tersini yapmam zararıma olacaktı.

Ak saçlı patronum Kir Vladimiros ile karısı Kira Evthimiya ise, yine güzel bir ziyafet sofrasında söylediler görüşlerini. Kira Evthimiya'ya, güleryüzlü ve sevecen oluşundan, teyze diyordum. Bana, gerilerde kalan köyümüzdeki özel öğretmenim Manolis'in annesi Evangeliki Teyze gibi, bir şeyler vermeye çalışırdı hep. "Onlar ermişlerden olacak evladım," diyordu annem. "Hıristiyan olduklarına bakma sen. Tanrı katında, biz Müslümanlar gibi cennetliktir onlar!"

Annemin inancına göre biz Müslümanlar cennetliktik. Bize zulüm etmeyip kucak açıp yardım eden Hıristiyanlar da cennete gideceklerdi. Onda, Tanrı'nın sevgili kulları biz Müslümanların gördüğü zulmün, yıkımın nedenlerini düşünemeyecek kadar inanç katılığı vardı.

Vladimiroslar enfes bir masa donatmışlardı, ayrılığın konuşulacağı akşamın zengin geçmesini istemişlerdi. Mezelerin, yiyeceklerin tümünü deniz ürünlerinden seçmişlerdi. Evthimiya Teyze, meze ustalığının doruğuna ulaşmıştı o akşam. Doğal olarak da mezelere uyan beyaz şarabın en âlâsı, masanın ortasındaydı.

Patrondan önce, Kira Evthimiya açtı konuyu. Artık, her cumartesi akşamı beni göremeyeceklerinden burukluk duyduklarını dile getirdi:

"Evlat gibi alıştık sana Hasanaki," dedi. "Sadece cumartesi akşamları evine gelen, haftanın diğer günlerini, uzaktaki işinde geçiren bir evlat gibi."

O güleç yüzünden eksilmeyen tebessüm, bunları söylerken azalmıştı sanki ve yüzüme bakarak konuşmamıştı, başı tabağına eğilmişti. Kir Vladimiros ilk kadehi kaldırırken:

"Üzülme sen hanım," dedi. "Hasanaki'ye, bu yeni işinin mutluluk ve daha çok kazanç getirmesini dileyelim. Haydi oğlum, kaldır kadehini."

Onlara, bana önerilen iş şeklinin bir süreden beri kafamı yorduğunu, ama kendi kendime bir çıkar yol da bulamadığım için atılımda bulunamadığımı anlattım. Madam Mariya'nın teklifinin maddi yönü, benim için çok doyurucuydu. Komisyonculuğunu yaptığımız her işten alınacak paranın tam yarısı benim olacaktı, onun parasıyla satın alınıp onarıldıktan sonra satılacak mülklerden gelecek kârın ise dörtte biri bana... Yani mülk işindeki sermayeyi o verdiğinden doğal olarak da aslan payını o alacaktı. İşin bu yanının bana ters gelen bir tarafı da yoktu hani, çünkü dedim ya, işi o kurmuştu, zaman zaman gerekecek parayı da yine o verecekti.

Kir Vladimiros:

"Bunların tümünü de anlıyorum Hasanaki," dedi. "Daha bağımsız olma, daha çok kazanma isteğini de... Ama, evlat yerine koyduğumuz sen Hasanaki olmadan, yaşamı nasıl sürdüreceğimizi bilemiyorum... Farkında mısın bilmiyoruz ama, sen bizim için, büyük bir sevgi kaynağı oldun, amaç oldun... Hatta artık yeri geldi, söyleyebilirim, Evthimiya ile seni evlat edinme konusunda çok konuşup tartıştık, çıkar yol aradık. Fakat nafile, bir yolu yok bu işin. Sen Müslüman, biz Hıristiyan olunca, üstüne üstlük toplumun iki kanadı birbirinin kanlı bıçaklısı, amansız ve insafsız düşmanı olunca, imkânsız... Toplumun gözünde sen Türk ya da Muhammet'çi, biz ise Rum ya da Hıristiyanız... Anlamışsındır; çocuksuz kaldığımdan, ölümümüzden sonra bu eve ve basımevine, bizden kalacak üç-beş kuruşa senin sahip olmanı istedik, yoksa seni anandan, ailenden ayırmayı ne isteriz ne de düşünebiliriz. Bu isteğimiz, bir bakıma, iyi insanın ödüllendirilmesi anlamındadır, diyemeyeceğim. Çünkü iyi insan olmak, insanım diyen herkes için koşuldur; yalnız bak, desteklenmesi, diyebiliriz buna."

"İkiniz de çok duygusal insanlarsınız, sağ olun," dedim. "Fakat böyle konuşmayın, çocuk gibi ağlatacaksınız beni..."

Ben daha sözümü bitirmeden Evthimiya Teyze ayağa kalktı, hıçkırıklarla ağlayarak hızla mutfağa koşturdu. Ne yapacağımı bilemez oldum. Kir Vladimiros'a baktım, gözleri buğulanmıştı. Sonra toparlandı, kısa bir öksürükle boğazını temizleyip mutfağa doğru seslendi:

"Gel Evthimiya, böyle yapma, hem beni hem Hasanaki'yi üzüyorsun. Hanya'yı terk etmiyor ki, yine burada olacak. Bizi görmek istediği zaman gelecek, senin mezelerinden tadacak. Eh, biz de özlediğimizde onu çağıracağız. Bir sıkıntısı olursa biz ona yardım edeceğiz, bizim sıkıntımız olursa o koşup gelecek. Bırak, delikanlıdır, istediğini yapsın."

Kira Evthimiya, elinde beyaz mendille gözlerini kurulayarak geldi, burnu kırmızı turp gibi olmuştu. O ağlamaklı kızarmış gözleri ve şişmiş burnuyla önümde durdu:

"Hasanaki oğlum," dedi, "unutmayacaksın bizi, değil mi?"

"Nasıl unuturum? Kir Vladimiros beni işine alarak, çok iyi bir haftalık vererek hayatı öğretti, amcammış gibi davrandı bana, sen ise anamın öz kardeşiymişçesine teyzelik ettin. Bizimkilere her türlü fenalık yapılırken, siz teselli ettiniz, kimbilir ne kadar da korudunuz beni. Unutursam, gözüme dizime durur her şey!"

Karı koca, ikisi birden, âdeta önceden kararlaştırılmışçasına şunu söylediler:

"O senin iyiliğin oğlum."

"Patron, bu üzücü sözleri bir yana bırakalım, dediğin gibi, başka bir yere gittiğim yok. Biraz daha seyrek görüşeceğiz, o kadar. Hem siz de benim başarılı olmamı, kazanmamı istersiniz. Bunun için de öğütlerini isterim."

Kir Vladimiros ilkin başını eğdi, sonra gözlerini gözlerime dikti:

"Evlat, bizimkilerin bu başkaldırıları, siz Türkleri yıldırıp korkutmaları, cinayetleri yüzünden, Hanya'ya göç sürüp gideceğe benziyor. Bununla şunu demek istiyorum: Göç nedeniyle buradaki bağlık bahçelik yerler, evler, dükkânlar sürekli değer kazanacak. Arzuladığın bu iş sana çok kazandırabilecek bir iş, bu bir. Hele biraz tutumlu olabilirsen, geleceğin için harika. İkinci ve bana göre çok çok önemlisi şu: Kulağıma gelen fısıltılara göre, buradaki bazı Türk derebeyleri, haydi gel patronları diyelim, Anadolu'da bizimkilerle boğuşan Kemal Paşa'ya buradan para gönderiyorlarmış. Bunlara İttihatçı diyorlarmış, kafamda öyle kaldı. Sen de daha çok kazanır hale gelince, kendiliğinden olsun, onların istemesiyle olsun, onlara yardımda bulunabileceksin. Bunlar doğal şeylerdir, ne et derim ne de etme. Ama yardım etmeye karar verirsen, bunu olağanüstü gizlilikle yap, ayrıca onlarla gereksiz görüşmelerde bulunarak kendini açığa verme."

"Ben de iki isim duydum patron: Tahmisçizâde Macit Bey ile Alyotzâde Mustafa Tevfik Bey... Hatta bir-iki isim daha verdiler, fakat bu yeni isimler kesin değil. Evet, Mustafa Kemal Paşa'ya yardım olsun diye toplanan paraları Macit Bey aracılığıyla Atina'daki Osmanlı Sefiri'ne gönderiyorlarmış. O paralar, oradan da İttihatçılara ulaştırılıyormuş."

"Her ne ise oğlum... Sen benim dediğime bak. Bulaşmamaya, görünmemeye özen göster. Tersini yaparsan, iki şeyden biriyle cezalandırırlar: Ya adadan sürülürsün ya da öldürülürsün! Bunların hiçbirinin başına gelmesini istemeyiz biz. Seni

sağ salim ve başarılı görmek en büyük dileğimizdir, bunu sakın unutma!"

Bir gün öncesi cumaydı. Türk köylerinde cami çıkışı bir yığın cinayet işlenmiş, benim dindaşlarım, benim ırktaşlarım yok edilmişti! Nice aile yine karalar giymiş, kan ağlıyordu. Ama bu haberleri, dinsel, ırksal bağnazlıkların üstüne çıkmış, insan sevgisiyle yoğrulmuş bu iki yaşlıya, o veda yemeği masasında söylemem, gaddarlık olurdu.

Annem bu tür insanları cennetlik görüyordu. Onun algılaması, bir köy bahçıvanının karısının algılayacağı düzeydeydi. Oysa bana sorulsa, ailecek çektiklerimizi ve diğer Türklerin başına gelenleri düşündüğümde, olasılığı yoktu ama, insanlık anıtı bu iki yaşlının, hiç değilse birer büstünün dikilmesini önerirdim.

Yemekten sonra yanlarından ayrılırken, kucaklaşıp öpüştük. Üçümüzün de gözleri yaşlıydı…

VIII

1920'de Anadolu'nun, yani anavatanımızın düşmanlar tarafından bölüşüleceği haberi, çok çabuk ulaştı Girit'e. Sevr Antlaşması adıyla anılan kara haber, Rumlarda çılgınlık düzeyinde kutlamalara, şenliklere yol açtı. Biz Türklerin ağzını bıçak açmıyordu. Rumların şımarıklıklarının daha da artmasından endişe etmeye başladık. Biz kentlilerin yaşamı, karabasana dönüşmüştü, bir süre için uyurgezer gibi olduk hepimiz. İş ortağım Madam Mariya bile, ki anladığım kadarıyla eski patronum Kir Vladimiros tarafından kulağına bir şeyler söylenmiş olmasına karşın, bocaladı. Ama kadın girişkenliğiyle sevinç şaşkınlığını örttü, ilişkimizi ayakta tutmayı başardı. Kovaladılar, yakıp yıktılar, evimizden tarlamızdan ettiler; sağ kalanlarımızı bu kez kendilerine benzetmek için uğraş vermeye başladılar. Venizelos, tabii Giritli Rumların en akıllısı, "Türkleri kovmayı bir yana bırakın artık, erkeklerini Rum kadınlarıyla evlendirin!" dedi meclislerinde. Yani o, bizleri aralarında eritmek, Rumlaştırmak amacıyla söyledi bunları. Fakat karşıtları, "Bu Türk yanlısı oldu," bağırtılarıyla saldırıya geçince, "Önce Hıristiyanım sonra da Yunan!" diyerek hücumların önünü aldı. Bağnaz Rumlar, başarıya ulaşmış bu son başkaldırının önderinin Venizelos olduğunu unutuyor ya da inkâr ediyorlardı.

Ada içindeki zorunlu göçlerde, benzer yanlar bulunuyordu: Yıllar önce araba konvoyuyla köyümüzden çıkmış giderken, atlı ve silahlı eşkıyanın yolumuzu keserek, "Ali Ağa, tüm saltanatınla gidiyorsun," diye, bizimle alay edercesine söylediği sözlerin, geçen onca zamandan sonra Hanya'da da geçerli olduğunu öğreniyorduk. Kent dışındaki Kukunara çiftliğinin kâhyası terzi Hüseyin Ağa, aile bireyleri ve tarım işçileriyle zeytin ürününü toplarken Rumların tehditlerine dayanamayıp eşyasını, iki tekerlekli 'dalika' denilen arabaya yükleyerek kente yönelmişti. Akşam karanlığında yoluna çıkan ve Hüseyin Ağa'yı tanıyan Rumların alayı aynıydı:

"Hüseyin Ağa, kente görkemli bir gidişin var!"

Bunlar gibi nice acıyı içimize gömerek, yaşamı sürdürmeye çalışıyorduk. Para kazanmak baş amacım olmuştu. Kazanmamak demek, benim yetişkinliğimde Mehmet Şemsettin Efendi'nin yönettiği, Mevlevihane'nin yemekhane kapısında bir tas yemek için sıraya girmek demekti. Başarısızlığımı, anneme, ablamlara, hele hele Kir Vladimiros ile karısına, Esirler Kampı'ndaki Bursalı Kemalettin Bey'e ve yeni işime başladıktan sonra, haftada bir gün ve genellikle pazartesi akşamları koynuna girdiğim Süslü Hüsnüye'ye nasıl anlatırdım!

Ben, ortağıma 'Kiriya Mariya' diye seslenirken, Rumlar ona, ismini sempatikleştirmek için 'Marigo' diyorlardı. Şapkasız sokağa çıkmayan, taktığı şapkaları da yakıştırmasını bilen, okumuş-yazmış, oturaklı bir kadındı. İri göğüsleri, esmer teni ve siyah saçlarıyla, görkemli bir görünüşü vardı. Hanya'da yayınlanan iki gazeteyi de düzenli olarak izler, kent yaşamını ve genel gidişatı öğrenmeye, olaylardan geri kalmamaya çalışırdı.

Süslü Hüsnüye mi daha güzel, Kiriya Mariya mı? şeklinde bir soruyla karşılaşsaydım, elbette ki Süslü Hüsnüye derdim. Pürüzsüz beyaz teni, kıvırcık uzun siyah saçlarıyla, işvesiyle çok sıcak bir dişiydi o; iyi bir içkiciydi de. Üç bardak şaraptan sonra daha da ateşlenir, mırıltılı, inlemeli, sonunda da feryat figan bir sevişmeye dalardı. Bir hakkını yememek gerekir: Mezeleri de sofrayı da elleriyle hazırlar, üstüne başına bir çeki düzen verir, makyajını tazeler öyle otururdu masaya.

Kiriya Mariya ile iş ortaklığımız üç yıl sürdü. İlk iki buçuk yıl süresince uzak durdu, yani karşılıklı olarak birbirimize sınırlı ve saygılıydık: Ben ona, 'Kiriya', o bana, 'Kirye' diyordu. Pazarları hariç, sabahları dokuz sularında kapısını çalar, o üst sahanlıkta, ben aşağıda, o gün yapılacak işleri, alımları satımları konuşur, onun görüşlerini alırdım. İş güçlüklerimiz için başvuru adresimiz avukat Varuçakis'ti. Bazı işlerde vadeli alışveriş gerekiyordu, işte o zaman zarara uğramayalım diye avukatına gidiyordum.

Taşınmazda, yani bina ve arazilerde satıcı ile alıcı arasında arabuluculuk yapıyor, bir güzel kazanıyorduk. Ama asıl kazancımızı, Kiriya Mariya'nın parasıyla ucuza aldığımız evleri, ustalar tutarak kısa sürede onarıp temizledikten sonra, iyi fiyata satmakla elde ediyorduk. İç göç yüzünden kent, hızlı bir biçimde kalabalıklaşıyordu. Bu gelenlere de başlarını sokmaları için ev gerekiyordu. Kovalandığı köyünden ömür boyu biriktirebildiği birkaç Osmanlı altınını getirebilenler, bildikleri yegâne iş olan tarımla uğraşmak için tarla peşinde oluyorlardı. Böylelerine de ya aracılık yoluyla tarla, bahçe buluyorduk ya da Kiriya Mariya'nın, gelecekte kâr getirecekleri düşüncesiyle alıp beklettiklerinden satıyorduk. Kent içindeki bina pazarlamalarından başka, kent dışındaki tarlaları isteklilerine göstermek amacıyla bazı gün iki, bazı gün de üç kez, tarlalara yürüyerek gidip geldiğim oluyordu. Bu gidiş gelişlerde kuvvetli, ama şık bir baston alıyordum yanıma. Bununla doğadan gelebilecek yılandan, çıyandan, bir yandan da kötü niyetli insanlardan korunmayı amaçlıyordum. Bu baston, giderek kılık kıyafetimin bir parçası olmuş, diyebilirim ki yaptığım işe bir ağırlık kazandırmıştı. Annem, güzel kazancın yanı sıra giyimde de kentsoylu gibi gezmemin mutluluğunu yaşıyordu.

"Aferin sana," diyordu. "Hem okuryazarsın, hem efendisin, hem de evimizi geçindiriyorsun. Ablan Nazire de yaptığın yardımlar için hep dua ediyor sana."

"Bu söylediklerinin tümü de normal, yapılması gereken şeyler. Lafı bile edilmez bunların. Sen çok çektin, rahatına bak, hiçbir şeye üzülme. Hadi anacığım benim!"

"Bir de evlendirebilsem seni oğlum… Âlemin de ağzını tıkamış olurduk."

Annemin bu isteğine olumlu bir yanıt veremiyordum, çünkü annem, Süslü Hüsnüye ile olan bağımı koparmayı amaçlıyor, beni ondan soğutabileceğini sanarak, Kuzey Afrika kökenlileri hor gören Girit ağzıyla konuşup duruyor;

"O 'Halihut' kadınından kurtulman lazım artık!" diyordu.

Bu 'Halihut' her neyse, anlamsız bir sözcük. Ama Afrikalıların, sevinçte tasada ellerini dudaklarına götürerek çıkardıkları tekdüze seslerin esinlendirdiği bir hor görme olmalı. Üstüne üstlük, bizim Süslü ile uzaktan yakından ilgisi olmayan bir şeydi bu. Cetleri Afrikalıydı, o kadar. Ama efendim, Hanya'nın yoksul denizci mahallesi Kumkapı'dan geliyordu ya, yetmez mi?! Yıllarca acılar çekmiş, yokluklar görmüş annemin bu tavrını anlayamıyor, içimden üzülüyordum. Buna rağmen ona bir şey belli etmemeye, onu kırmamaya dikkat ediyordum.

IX

Sürüp giden iç çalkantılar nedeniyle Hanya'da gittikçe yerleşip kök salmamızın başdestekçisi Kir Vladimiros'u ve karısı Evthimiya'yı hiç ihmal etmedim. Ayda bir, üç haftada bir, kapılarını hep çalmışımdır. Kira Evthimiya'yı sevindirmek, daha doğrusu gönlünü hoş etmek için, gideceğim günün sabahından irice bir balık, bulamazsam mevsim çiçeklerinden bir demet gönderiyordum; bazen de bir sepet karışık bahçe otu. Bu akşam sizdeyim anlamındaki bu küçük armağanlar üzerine, Evthimiya Teyze kolları sıvar, akşama güzel bir sofra donatırdı. İşimin izin verdiği zamanlarda da basımevinin kapanma saatinde gider, artık iyiden iyiye yaşlanmış sayılan Kir Vladimiros'a eşlik ederdim. Koluna girip, yürümesine yardım ettiğim de oluyordu. Basımevinin çalışanları ifadesiz bir yüzle bu ilişkiyi izliyor, renk vermiyorlardı. Ama baştan beri benim kişiliğimde Türkleri sevmediğini her davranışıyla belli etmiş olan dizgici Vomvolakis, fırsatını yakaladığında, suratı asık, başını sallardı.

Kira Evthimiya, kapıda karşılıyordu bizi. İleri derecede bir sevgisi vardı kocasına. Masa başında geçen iki saat, onlara olduğu kadar bana da zevkli ve dinlendirici geliyordu. Biz torunlar, adada, atalarımızın sahipliğinden sonra azınlığa düşmüştük. Kanayan bir yaraydı bu. Vladimiros bu yarayı kaşımıyordu, tersine, bıçağı vurarak cerahatını akıtıyordu. Okumuşluğu, engin bilgisi ve iyi çalışan mantığıyla, beni ferahlatır, yaşamla savaşma gücü vererek, yüreklendirerek evime yollardı. Kira Evthimiya ise, sevgili kocasını evine kadar getirmemden, sofralarını ve sohbetlerini paylaşmamdan büyük bir mutluluk duyardı. Bundan tatmadın, şundan yemedin, diyerek tabağımı sürekli doldurmak isterdi. O akşamlarda sofrayı süsleyen mezeleri, yemekleri özellikle benim için hazırladığı açıkça belli oluyordu, çünkü eski patronumun tabağına, tadımlık olacak kadar, kaşığın ucuyla koyuyordu.

"Vladimire," diyordu kocasına, "kırılma bana. Hayatta kalmanı istediğim için, sağlığını düşünerek az veriyorum. Hasanaki'ye de bakıp aldanma, o daha genç, o şimdi yiyecek, senin yaşına gelince de, tıpkı senin gibi perhiz edecek."

Çalışıp ev geçindirme, gelecek için olanaklar elverdiğince, iki-üç ev alıp onarmak gibi telaşlarla birlikte, önemli olaylara da tanık oluyordum. Örneğin Tahmisçizâde Macit Bey, Atina'daki Osmanlı elçisinin isteği üzerine, Mısır ile Trablus arasında birliğiyle sıkışıp kalmış Enver Paşa'nın kardeşi Nuri Paşa'ya para ulaştırmakla görevlendirilmişti. İşin farkına varan İngilizler, Macit Bey'i Atina'dan dönmekteyken bir Fransız savaş gemisi aracılığıyla bindiği vapurda, deniz ortasında tutuklamışlardı. İlkin Malta'ya gönderdiler, yirmi yedi aydan sonra da yargılanmak üzere İskenderiye'ye. Yargılama sonunda beraat ederek Girit'e dönen Macit Bey'i ziyaret ederek, hoş geldiniz, geçmiş olsun diyeceğim gün, kara bir haber kurşun hızıyla gelip buldu beni, "Kira Evthimiya öldü!" dediler.

İnanılır gibi değildi... O iyi niyetli, güleç Kira Evthimiya böyle durduk yerde ölsün!... Dünyam yıkıldı! Sakin evleri, girip çıkan, ağlaşan komşularıyla dolup taşıyordu. Kir Vladimiros, bir köşede, üzerinde bulunduğu sandalyede oturmuyordu, bir yığıntıydı âdeta. Birbirimize sarıldık. Diyebilirim ki bu acıyla, ikimizin de akıttığı gözyaşları birleşip karışarak, küçük bir pınar oluşturmuştu. Kadınlar ayırdı bizi. Bütün gece başında oturduk, papaz sabahleyin gelip dinsel ayin hazırlıklarını başlatana dek sürdü bu. Ansızın gelen bir yürek durmasıyla dünyasını değiştiren Evthimiya Teyze'nin ölüsü bile güleçti, 'Patronunu ihmal etme, arada bir yokla,' der gibiydi.

Kilise, törene gelenlerle tıka basa dolmuştu. Kira Evthimiya'nın yumuşak yüzü nedeniyle gelenlerle ve patronun çarşı pazardan tanıdıklarıyla, kapılara dek insandı kilise. Tabut toprakla örtülürken, o olgun, akıllı fikirli Kir Vladimiros'un hali yürekler acısıydı. Boyu daha da küçülmüş, saçları daha da beyazlamıştı âdeta. Bir kolunda basımevinin ustabaşısı, öteki kolunda ben, ancak ayakta tutabiliyorduk onu. O gece yalnız bırakmadım. Sabahı, komşu kapılarını çalarak elbirliği etmelerini, eski patronumun ev işlerini yürütecek, ona bakacak bir kadın bulmalarını istedim. Buldular da. İki saat geçti geçmedi, kapı çalındı ve ölen Evthimiya Teyze'den biraz daha yaşlı, ama zinde, mum gibi zayıf bir kadın getirdiler. Patronumu kadına teslim ettim. Her hafta sonu beraber olacaktık. Bir farkla ki, Kira Evthimiya'nın yemek ve mezeleri yerine meyhane mezelerine alışacaktı, bazı cumartesileri de bizim, yani annemin evine gelerek değişik ev yemekleri yiyecekti.

Kir Vladimiros'u, hem efkâr dağıtmak, hem yalnızlığını bir ölçüde olsun hafifletmek amacıyla, ölümün haftasında, cumartesi akşamı basımevinden aldım, ara ara koluna da girerek, Nuri'nin meyhanesine götürdüm. Ne ki yolda giderken, birkaç yıldan beri görünmeyen Hacara Hasan'la karşılaşınca, ne yapacağımı, nasıl davranacağımı bilemedim. Dar günlerde, korkunun dağ bayır kol gezdiği zamanlarda bize güç vermiş, gözünü kırpmadan bıçak atarak, yığınla insan öldürmüş bu gözüpek adam, ansızın karşıma çıkıyordu. Görünmediği için meraktaydım, ayrıca gönül borcum vardı; vaktiyle koruduğu için, Hanya'ya geldiğimizde, başım derde girerse kendisine haber salmamı söyleyerek yüreklendirdiği için... Buraya kadar tamam, her şey iyi ve güzel. Pekiyi, benim koluna girip de meyhaneye götürmekte bulunduğum eski patronum Kir Vladimiros'la nasıl tanıştırırdım, nasıl konuştururdum? Şaşkınlığım bundandı. Biri öldürüyordu, diğeri ise öldürmeye karşıydı, barışçıydı. Aslında Hacara da isyanlara, Türklerin öldürülmelerine karşı çıkıyor, bu yüzden başkaldırıyordu; yani durup dururken, keyfinden adam hançerlemiyordu.

Hacara'yla sarmaş dolaş olduk. Kir Vladimiros'a köyden kaçışımızın koruyucusu olarak tanıttım onu, meyhaneye davet ettim. Eski patronum, yasta olduğunu belli eden siyah bir parça kurdeleyi koluna takmıştı. Hacara, başında alnını sıkan Girit işi file, belindeki kuşakta iki hançer, ayağında dizine kadar gelen, vrakia denilen şalvarı ve çizmeleriyle değişik bir insandı. Meyhanedeki masa arkadaşlarım Badoyan Mustafa ile Grand Mehmet bizi bekliyorlardı. Eski patronumu getireceğimi biliyorlardı, fakat Hacara'dan habersizdiler. Bizden sonra da Kavas Ahmet geldi. Badoyan ile Grand, ilk kez karşılaştıkları ve anlattıklarım nedeniyle hayranı oldukları Kir Vladimiros'la ilgilendiler. Onlar sohbeti koyulaştıradursunlar, ben de Hacara'ya, görüşemediğimiz sürede nasıl çalıştığımı, neler yaptığımı, tabii bu arada eski patronumun beni nasıl kollayıp koruduğunu, biz Türkler için nasıl olumlu düşündüğünü, Rumluk-Türklük diye bir ayırım yapmadığını, insanlığa inandığını, iyi geçinmekten yana olduğunu, kendisi gibi güzel bir insan olan karısını da bir hafta önce yitirdiğini, güzel güzel anlattım.

Dinlediklerinden çok duygulanan Hacara, Kir Vladimiros'a döndü:

"Patron," dedi, "senin gibi insan bir Rumla ilk kez karşılaşıyorum ben. Bunu, rahmetli Ali Ağa'nın oğlu söylediğine göre, doğru demektir. Bugüne kadar ben, Rum eli hiç öpmedim; ama senin gibi yaptıkları, söyledikleri, saçı sakalı gibi ak bir insanın elini öpeceğim."

Hemen kalktı, hızla Kir Vladimiros'un elini yakalayıp öptü. Hacara'nın söyledikleri, ardından kalkıp el öpmesi, başta eski patronum olmak üzere masadakilerin hepsini etkilemişti. Kavas, Badoyan ve Grand da sırayla Kir Vladimiros'un elini öptüler. Bu kez duygulanma sırası ondaydı. Gözyaşları elmacık kemiklerinin üzerinden sakalına aktı, Vladimiros, mendiliyle silmeye çalıştı onları.

"Çok yaşayasınız, çok çocuğunuz olsun, elinizi öpsünler," dedi. "Söylediklerime, küçük de olsa yapabildiklerime gelince, bunlar benim için fazla bir yanı olmayan, daha doğrusu bana göre doğal şeyler. Adanın tüm halkıyla birlikte, siyasiler, yöneticiler bizler gibi düşünüp bu düşünce doğrultusunda hareket etseler, hepimiz mutlu olacağız. Hem ne mutluluk! Adamızın en yüksek dağı Psiloritis'in eteklerinden getirilen bal gibi olacak!..."

Meyhaneci Nuri de tezgâhını bırakıp, masamıza geldi. Kadehler birlikte kalktı, birlikte mezelere uzanıldı. Nuri de coştu, ocağına gidip tütsülenmiş bir İspanyol ringası hazırladı, "Dükkânın ikramıdır," diyerek masaya koydu.

X

Hanya kentinin yaşamına, barındırdığı çeşitli insanlarla ve meslek gruplarıyla damgasını vurmuş Splantzia Alanı'nın bir büyük süsü de, bizim Hünkar Camisi'ydi; Yunanların adayı tamamen ele geçirdikten sonra kiliseleştirdikleri yer... Bu, Müslüman olsun, Hıristiyan olsun, inanç dünyasının bir mücevheriydi. Floru'nun kahvehanesi de, büyüklüğü, güzelliği, çalışanlarının güler yüzlülüğü nedeniyle o alanın başka bir ünüydü.

Ramazan aylarındaki gece eğlencelerinin en zenginleri, bu kahvede yapılırdı. Tombalaların büyük hediyeleri; palyaçoların, karagözlerin en güldürenleri bu kahvede olurdu. Normal ayların, günlerin nargile meraklıları bu kahvede toplanırlardı. Kimi zaman nargile içenlerin çokluğundan, içeriye girdiğimde, birbirini izleyen nargile fokurtuları ve yoğun tömbeki dumanı, duraklamama neden olurdu. Buna karşın nargilenin suyunda banyosunu yaparak çıkan tömbekinin kokusuna bayılıyordum. Kahve ocağının üstünü çevreleyen camlı rafta, aşağı yukarı kırk kadar nargile şişesi dizili dururdu. Marpuçları da rafın yanında, kol kalınlığında, ağaçtan yapılmış iki çivide asılıydı.

Kira Marigo ile bazı sabahlar, iş görüşmemizi bu kahvehanede yapıyorduk, kapıya en yakın, üstü mermerli masada. Evi bu kahvehanenin üstüydü ya, buluşma saati olan dokuzda masada olmaması halinde, evinin kapısını çalar, o günkü işlerimizi bir-iki cümleyle birbirimize anlatırdık. Kahvehaneye inebildiği günlerde ise işleri daha etraflı konuşurduk. Merdiven sahanlığında konuşurken başı açık olurdu ama kahvehaneye her gelişinde, değişik bir şapka başını süslerdi. Sekiz şapkası vardı. Bunları beş-altı ayda bir şapkacı Frangakis'e gönderir, temizletip ütületirdi. Şapka merakında, Hanya'nın varlıklı Rum kadınlarının en önde gideni olduğunu anlamıştım. İş gereği kenti enine boyuna sürekli dolaştığımdan, kimler nasıl giyinir, nasıl süslenir, bilirdim. Bunların kimine yolda rastlardım, kimini de faytonda kasıla kasıla geçerken görürdüm...

Varlıklı olmanın yanı sıra okumuşluk, bu kadının kişiliğiyle birleşen ve ona yakışan bir olguydu. Daha o dönemde, seyrek de olsa, kahvehanedeki sabah iş toplantımıza gelirken, bir gün önce çıkmış iki Hanya gazetesini elinde getirir, bazı satılık ve bazı valilik ilanlarını, kararlarını bana okur, nerden ne alacağımızı, neler satmaya çalışacağımızı anlatırdı. Mariya'yı bir yana bırakıp, Rumlar gibi kendisine 'Kira Marigo' diye seslendiğim, hem patronum, hem iş ortağım Kiriya Mariya, her yanıyla görkemli bir kadındı. Açık elliydi de! Onunla çalışmaya başladıktan bir yıl kadar sonraydı, Veneti Kastana'daki evimizin hemen yanındaki orta halli iki ev satışa çıkarıldığında, birikimimle bir tanesini bile alamayacakken, onun verdiği karşılıksız destekle, ikisini birden satın almıştım. Bir tane evimiz varken, verdiği paralarla bu, üçe çıktı. Birkaç ay sonra, onları onarıp kiraya vermiştim. Hatta bir tanesinin dışına çeşme taktırarak, konu komşunun su almasını sağlamıştım.

Kahvehane ve ev buluşmalarının yetersizliği meydana çıkınca –çünkü işimizde olağanüstü bir gelişme vardı– Splantzia'nın hemen yanındaki bir sokakta, yazıhane olarak kullanabileceğimiz küçük bir dükkân kiraladık. Bir masa, üstü hasırla örülü beş altı tipik Girit sandalyesi, işimize yetiyordu. Alım satım işleri olanlar bizi burada buluyorlardı. Günlük iş programında, kent içindeki ya da dışındaki taşınmaz malların alımı satımı, müşteriye gösterilmesi söz konusu olduğunda yazıhanede Kira Marigo kalıyordu. Ben, elimde bastonum yollara düşer, müşterimize malı satmaya çalışırdım. Alımlarımızda ise tersine bir uygulamamız vardı: Evin ya da tarlanın gerçek değerini Kira Marigo'nun kulağına fısıldardım, ötesi onun işiydi. O, kadınlığıyla, kibarlığıyla bastırır, malı olduğundan ucuza kapatırdı. Yüksek kârları, bu ucuz alışlarla sağlıyorduk.

Ne var ki, ada içindeki vurup kırmalar, adam öldürmeler dur durak bilmiyordu. Mustafa Kemal Paşa, Yunan'ı İzmir'e kadar kovalamış, Anadolu'yu temizlemişti. Bu haberler ve Anadolu'dan göçmen olarak Girit'e gelen Rumların kışkırtmalarıyla Hanya'nın içinde olsun, dıştaki tarlalarda, çiftliklerde olsun insanımızı öldürmeye, öldürmediklerini ağır biçimde dövmeye başlamışlardı. Azalmış, yatışmış gibi görünen şiddet olayları gittikçe artıyordu. İşte bu sıralarda, Fağfurizâde Hüseyin Nesimi imzasıyla, "Ey Müslüman ahali," diye başlayan 'Encümen-i İslamiye'nin bir bildirisi dağıtıldı: "Bundan böyle dinini, milliyetini ve namusunu müdafaa için, her türlü silahı taşıyabilir, kullanabilirsin!" deniyordu. Bununla yetinmediler, Hüseyin Nesimi, Kadı'yı da yanına alarak Yunan valisine gidip Türk cemaati için aldıkları bu kararı bildirmişti. Bu bildiriye rağmen, olaylar dinmek bilmiyordu.

Gizli-açık, bir iç savaştı yaşadığımız. Bunun doğurduğu panik, bir darbe de bana vurdu: Canım kadar sevdiğim annem, felç oldu! Ablam Nazire, evini bıraktı geldi, ama üç gün sonra kaybettik annemi. Bu kez yaşlı haliyle, Kir Vladimiros bana destek oluyordu. Bir ara kulağıma eğilerek:

"Evthimiya'dan sonra," dedi, "Zeynep Hanım'ı da kaybetmemizle, tam anlamıyla öksüzleştik Hasanaki. Yalnız sen değil ha, ben de! Ara sıra geldiğim, o güler yüzlü sofra olmayacak, onu hazırlayan da!"

Kira Marigo ise bunca zamandan sonra ilk kez bana dokundu. Rahat ve içten bir hareketle koluma girdi, elimi iki eli arasında sıkarak, etraftakilerin de duyabileceği bir sesle:

"Üzülmemeye çalış," dedi, "Tanrı'dan bu. Sevip sayıyordun, en iyi biçimde bakıyordun. Elden bir şey gelmez. Tanrı rahmet eylesin."

Cenazenin kaldırılmasına gelenler arasında eski bir arkadaşımı, Zambetula İsmail'i gördüm. Zambetta adlı, dışardan gelen bir kadın şarkıcıyla işi pişirip onunla birlikte yaşarken, kadına askıntı olan bir Rum'u ağır biçimde yaralayınca, Bingazi'ye kaçmıştı. Orada da pek durmayan İsmail uzun süre hapishanede yatmıştı. Fesi, çakır gözleri, burma bıyığı, lüks yeleği, köstekli saatiyle şık insandı İsmail. Annemin cenazesini izleyen günlerde, Hanya'nın yüreği Splantzia'da büyük bir kahvehaneyi işletmeye başlayan Zambetula'ya, birkaç Rum efesi baskın düzenlemeye kalkıştı. Fakat yaptıklarına yapacaklarına çok çabuk pişman oldular, çünkü o, kahve ocağının yanı başına özel olarak yaptırdığı bir boşlukta ünlü 'gra' tüfeğini tutuyor ve kötü bir durumda, saniyesinde düşmanına doğrultuyordu. Gözüpekliği, kendisine oyun oynamayı düşünenleri korkutuyor, onları niyetlerinden vazgeçiriyordu.

Annemin ölümü, evine geceden geceye giden biri olmama karşın, yaşamımda büyük bir boşluk meydana getirdi. Bekleyenim yoktu. Gecenin ilerlemiş saatinde geldiğimde, yolumu aydınlatacak bir yağ kandili bile yanmıyordu. Ablam Nazire, haftada iki-üç kez gelip ortalığı topluyor, çamaşırlarımı yıkıyordu. Ama yine de boşluktaydım. Süslü Hüsnüye'yi bazen haftada bir, bazen on on beş günde bir ziyaret eder olmuştum. Bedensel sevişmelerin çok türünü öğretti, yaşattı bana, ancak ateşliliğini anımsadığım günlerde, etrafa renk vermeden ona gidiyordum. Yani yolu yordamıyla... Tabii çok kızıyor, hırslanıyordu bana.

Hüsnüye'den gittikçe kopmamın nedenini bulmaya çalışıyor, tam anlamıyla bulamıyordum. Teninin pürüzsüz beyazlığı, sıcak sevişme... Her şey iyiydi hoştu, ama örneğin Kiriya Mariya'daki, herkesin söylemiyle Marigo'daki ağırbaşlılıkla, sütlü açık kahveyi andıran ten yoktu, okumuşluk yoktu da bunlardan ötürü mü uzaklaşıyordum ondan? Bir türlü bulamıyordum. Hüsnüye'de göğüsler küçüktü, Kira Marigo'da ise iri. Ses tonu, insana bakışı... Belki tümü, belki hiçbiri... Büyük bir çıkmazdaydım. İki buçuk yıldan beri birlikte çalıştığım, hemen her gün gördüğüm, kimi günlerde uzun saatler yanında bulunduğum bu şapkalı kadına âşık mıydım yoksa? Kendi kendime soruyor, bir yanıt veremiyordum. Hüsnüye'deki sesli ve gösterişli işve, Marigo'daki bakışların sessiz derinliği ve içinden gelen gürültüsüz, alçak sesli konuşma... Bunlar, dalıp da düşündüğüm anlarda, kafamdan geçenler... Kendi kendime de itiraf etmekten utanır olmuştum. Hani Süslü Hüsnüye daha güzel ve çekiciydi, ne olmuştu bana? Kira Marigo'yu daha uzun saatler görmem mi Hüsnüye'ye gidişlerimin seyrelmesine neden oluyordu?

Günlük işlerin yanı sıra, kafamdaki sorular ve sorunlarla haşır neşir olurken, bir dostun ayrılık günü gelip çatmıştı: Esirler Kampı'ndaki Bursalı Kemalettin Bey, Mustafa Kemal Paşa Hükümeti'nin Kızılhaç'a yaptığı başvuruların sonucundan olarak, anayurda dönüyordu. Vapuruna kadar birlikte gittik, vapur limandan çıkıp gözden silininceye dek ayrılamadım oradan. O anayurda, evine, ailesine kavuşacağı ve düşman yurttan sökülüp atıldığı için çok mutluydu, yerinde duramıyordu.

"Barış olursa," diyordu, "gelir bulurum seni Hasan. Haydi sağlıcakla kal."

"Özleyeceğim seni Kemalettin Bey, hem çok özleyeceğim."

"Ben de seni çok özleyeceğim Hasan," dedi. "Aslında, unutmayacağım, demem lazım. Çünkü sen sürgündeki bir ırktaşına sürgünde olduğunu unutturmaya çalıştın, boğazından kestiğini ona yedirdin."

"Yok yok Kemalettin. Senin yaptıkların daha değerli. Bilmediğim dilimi öğretmeye çalıştın, bilir düzeye getirdin. Bu da yetmedi, azınlığa düştüğümüz bu yurt parçasına kök salmam için akıl verdin, yol gösterdin."

Kemalettin, beni şaşırtan, çok acı gelen şeyleri ise son anda söyledi:

"Adada henüz yayılmayan bir haber aldım ben," dedi. "Barış olursa gelir bulurum seni dedim az önce, ama gerçek şu Hasan: Bu yurt parçasının elimizden çıkmasına neden olan son isyanların başlatıcısı, yönlendiricisi Venizelos, Yunan tarafının temsilcisi olarak, Lozan adlı bir İsviçre şehrinde, bizim Türk tarafıyla bir anlaşmaya imza koydu; bizden de İsmet Paşa. Kısacası, pabuçlarını bırakarak kaçtıkları, yıllar süren bir savaştan sonra, teslim bayrağını çekmeleridir bu. Gel gör ki bu zaferden sonra, siz ada Türkleri bir kez daha yerinizden sökülüp alınacaksınız. Yani nüfus değişimi olacak. Şöyle anlatayım sana: Anadolu'da kalmış aşağı yukarı bir-bir buçuk milyon kadar Rum verilecek, karşılığında buradaki sizler, Makedonya'da bulunan Türkler alınacaksınız. Sararma birader! Yunanistan'ı genişletmek, zenginleştirmek heveslisi Avrupa'nın oynadığı yanlış oyunun faturasını, sen ben ödüyoruz, daha da ödeyeceğiz. Bu kadar basit bu iş."

"Seni kaybetmenin acısına bir acı daha ekledin, perişan ettin beni!"

"Elindeki paket bana galiba... Herhalde ablana benim için yolluk hazırlattın... Haydi bak, düdük ötüyor, ver şunu. Hem meraklanma, bu dediğim gerçekleşirse, Anadolu'da nerede olursan ol, arar bulurum seni. Bir de Vladimiros Efendi'ye sor, bakalım o ne diyecek sana."

İnsanlar vapura doldu, vapur halatlarını topladı, kara dumanlar salarak uzaklaşmaya başladı. Gitti, gitti bir nokta oldu, sonra o da kayboldu. Ben, boş gözlerle izledim onu...

XI

Badoyan Mustafa, Grand Mehmet, bir de grubumuza çok sonra katılan çift çubuk sahibi Şahap Bey, toprak kökenli oluşlarından, karmakarışık ada dünyasında başka bir iş kuramadıklarından, beceremediklerinden ve çetelerin saldırılarından malları sürekli zarar gördüğü için, göçten yana oldular. "Anayurtta aynı işi, korkusuz yapar geçiniriz," diyorlardı ki, yerden göğe kadar haklıydılar.

Nazire Ablam, eniştem, ben, Kavas Ahmet, hatta meyhaneci Nuri tersini düşünüyorduk. Burası bizim yurdumuzdu, ne pahasına olursa olsun terk etmemeliydik!

Süslü Hüsnüye'ye konuyu açtığımda şaşırdı, ağlamaklı oldu. Bu şaşkın ve ağlamaklı tavır, giderek hüngür hüngür ağlamaya dönüştü. Bilmediği yerde, ne yapar ne ederdi? Vatan ne demekti? İşte gözünü burada açmıştı, burada büyüyüp serpilmişti, evi buradaydı, kiralarıyla misler gibi geçinip gidiyordu. Olsa olsa, vatan bu demekti! Daha ne istiyorlardı ondan?

Girit'ten gitmeme yanlısı olarak ablamlar, Kavas Ahmet, meyhaneci Nuri, haberi ilettiğimiz eski aile dostlarımızdan Molla Mavruk'un ölümüyle dul kalan eşi Cemile Teyze de aynı şekilde düşünüyorlardı. Durum böyle iken ben, gerek Bursalı Kemalettin Bey'den ve gerekse Kir Vladimiros'tan aldığım bilgiyle ve kendi kendime yapabildiğim küçük yorumlarla onları yatıştırmaya çalışıyordum. Böyle bir laf çıkmıştı çıkmasına, fakat ne fol vardı ortada, ne de yumurta. Belki de bir yanlış anlama vardı, böyle bir şey varsa yarın vaz da geçebilirlerdi! Kolay mıydı bu kadar insanı söküp atmak, karşılığında da karşı taraftan sökülenleri alıp getirmek?

Boğazımda koca bir düğümle, bazen gözlerim nemli, bunları onlara anlatmaya, yüreklerini güçlü tutmaya çabalıyordum. Ama nafile. Haber doğruydu ve tüm ada halkı durumu öğrenmişti. Çok az sayıdaki Rum, göç haberlerine üzüldüğünü söyledi. Geriye kalanlarını da iki kısma ayırmak gerekiyordu: Teselli etmese de yerinden sökülüp atılmanın güçlüklerini bilip etraftan çekinen suskunlar ve gözü biz Türklerin mallarında olanlar...

Kiriya Marigo hangi sınıflamaya giriyor, diye kendi kendime çok kez sordum. Yine kendi kendime verdiğim yanıt, inandırıcılıktan yoksundu. Marigo dünyayı biliyordu, okumuştu, fakat insanca düşünmede, insanı sevmede bir Vladimiros olamıyordu o. Suskunluğundan ve genel davranışından çıkan sonuç buydu. Bunca yıl ortaklığına aldığı, kimbilir kaç kez sınadığı, bir de Kir Vladimiros'un verdiği olumlu bilgilere karşın, bana bile belli bir uzaklıkta duruyordu. Gösterdiği tek yakınlık, evimizin yanındaki iki evi satın almamdaki desteğiydi. Herhalde bunu da işinde canla başla çalıştığımdan yapmıştı, güzel gözlerim için değil.

Lozan Antlaşması denilen o kararla, er ya da geç, bizlerin buradan alınarak anayurda götürüleceğimiz kesinlik kazanınca, Kira Marigo'da bir dalgınlık başgösterdi. Yazıhanede iş konuşurken, yüzü bana dönükken, gözleri dalıp dalıp gidiyordu. Birkaç kez uyarma gereğini duydum:

"Kira Marigo, daldınız."

Yüzünde ender görülen tebessümlerinden biriyle:

"Özür dilerim, daldım," diyordu.

Bir gün, öğle vaktiydi hiç unutmuyorum, bana bakmadan, yüzü yazıhane kapısına dönük:

"Aynakis," dedi, "bizim eve çıkalım, Ariadni ne yapmışsa birlikte yiyelim."

Böyle bir çağrı ilk oluyordu, şaşırdım, bir şey demeden onu izledim.

Ariadni, yirmi beş yaşlarında, evlenmemiş kuru bir kızdı. Evin hanımı gibi, pek gülmüyordu. Hareketleri ağır, evin temizliğinden yemeğine dek, tüm işlerini bir başına yürüten tiplerdendi. Orta büyüklükteki bir yemek masasının ortasında, fırından yeni çıktığı, saçtığı kokudan belli olan bir tepsi 'koloçitha' duruyordu. Etrafında da üç tabak ve üç sandalye... Masada üç tabağın bulunuşu, davetin önceden planlandığını gösteriyordu.

Dayanamayıp sordum:

"Siz koloçtiha'yı yapar mıydınız?"

Başından çıkardığı şapkayı Ariadni'ye uzatan Kira Marigo yanıtladı:

"Siz Türklerin yaptığını duyuyor, biliyorduk ama merak edip de öğrenmemiştik. Sen o iki evi aldığında, annene kutlamaya gittiğimizde koloçhita ikram etmişti bize. Çok beğenince de tarifini istemiştik. Öyle güzel anlatmıştı ki... Anlatayım sana, bakalım iyi öğrenmiş miyim!"

Ben, "Anlatın bakalım..." deyince, rahmetli anamdan belledikrini anlatmaya başladı:

"Kabakları, tavasını yapacakmışsın gibi boyuna, inceye yakın keseceksin. Sulu türden bir kabaksa, kevgirde süzülmeye bırakacaksın. Un, zeytinyağı, bir yumurta ve kabarmayı sağlayacak bir miktar içme sodasıyla bir hamur yapacaksın ve kullanacağın tepsinin dibini örtecek büyüklükte bir yufka açacaksın. Tepsinin dibini yağladıktan sonra yufkayı döşeyecek, yufkanın üstüne de zeytinyağı ve sert peynir rendesi serpeceksin. Ardından unlanıp silkelenmiş kabak dilimlerini kat kat döşeyeceksin; ama katlar birbirine çapraz olacak, her kata da mutlaka zeytinyağı, peynir rendesi ve karabiber serpeceksin. Tabii en üstüne de yine zeytinyağı, peynir ve karabiber... Sonra, orta hararetteki fırında, aşağı-yukarı kırk-elli dakikada, üstü peksimet ya da soğan zarı kızarıklığı alana kadar pişireceksin!"

"Eksiksiz hatırlıyorsunuz, bravo!"

"İki kez kendimize yaptık, acemiliğimizi yendik. Ariadni, ustası oldu artık koloçhita'nın... En ustaca yaptığı üçüncüyü birlikte yiyelim istedim. Annen öldükten sonra, belki ilk kez yiyeceksin."

Son ince tarifi, bir uyarı olarak ben ekledim:

"Peynir az olmayacak, fakat çok da olmayacak... Hele, nasıl olsa peynirimiz bol ve de arttı deyip, kalın bir tabaka haline dönüştürmeyeceksiniz en üstünü, yoksa altta kalan kabaklar pişmez! İşin püf noktasıdır bu. Zeytinyağı da kaliteli olacak..."

İki buçuk yıldan beri ilk defa kabul edildiğim bu evde, nefis bir kabak böreğinden sonra içtiğim kahve, beni keyiflendirmiş, etrafımı rahat bir biçimde gözden geçirme cesareti vermişti bana. Duvardaki çerçeveli büyücek fotoğrafta, Kira Marigo kendisine oranla büyük, koca bıyıklı ve şişman biriyle yan yana görülüyordu.

"Evlilik fotoğrafımız," dedi. "Ancak altı ay beraber olabilmiştik... Bir yürek sıkıntısıyla gözlerini kapamıştı. Tanrı'nın iyiliği üstüne olsun."

Öğleden sonra buluşacağım, ev arayan iki müşterimizi bahane ederek ayrıldım. O fotoğrafın asılı bulunduğu odada daha fazla kalmak istememiştim. Balık etinde, başındaki tüllü şapkasıyla gösterişli Marigo'nun kocası olacak o palabıyıklıyı hazmedememiştim. Yazık olmuştu o görkemli kadına!

Benim anlayışıma göre, denk bir evlilik yapmamıştı Marigo. Hep ciddi oluşu belki de bundandı. Bilebilir miydik? Altı ay süren bu evlilikten, bir çocuk da yoktu ortada. Deri ciltli, yirmi otuz kadar kitap da görmüştüm. Acaba yıllarını böyle mi tüketmişti, yani hep kitap mı okumuştu? İş birlikteliğimiz, üçüncü yılına yol alıyordu, bir erkeği olduğuna dair en küçük bir ize rastlamamıştım. Hani biraz olsun anladığım bir konuydu bu. Bilgim ve deneyimlerim, bir sonuca vardırmadı beni. Benden dört yaş büyüktü. Onun adına aldığımız bir zeytinliğin işlemleri sırasında kimlik belgesini görmüş, merakla incelemiştim. Sağlıklı, kendine özgü güzellikleri ve okumuşluğuyla, işi biraz daha öteye götürerek, varlıklı diyebileceğim böyle bir kadının gecelerini, yıllarını erkeksiz geçirmesi? Bir erkek sıcaklığını duymadan yaşaması?...

Bu öğlen yemeğinin ve duvarda asılı evlilik fotoğrafının bende yarattığı fırtına, hayır fırtınadan da öte isyan, yurdumuzdan atılacağımız korkusunun üstüne bir ek yaptı. Derdime dert kattı demem daha doğru olacak... Çünkü Lozan, anayurdumuzu düşmanlarımızdan ayıklamıştı ayıklamasına, ama biz ada Türklerini de köklerimizden koparacağı için, karalar bağlıyorduk. Girit'imizi nasıl bırakır giderdik?

Kir Vladimiros, Anadolu bozgunlarını, yayılmak istemelerinin faturası olarak görmüştü, öyle yorumlamıştı. "Barış içinde iyi geçim istemeyip, yaramazlıklar yaparsan, işte böyle dövülürsün. Zavallı insanlar, cetlerinin, kendilerini yönetenlerin yanlışlıklarının acısını çekerler hep!" diyordu.

Şimdi ben de, göç olacağı haberleriyle diken üstünde durmaya başladık ya, acaba bizimkilerin günahını mı ödüyoruz, diye düşünür oldum. Basımevinde çalıştığım yıllarda, patron bir gün harita başında, Yunanların nereye kadar yayıldıklarını, sonra ne kadar geriye tepildiklerini göstermişti. Arkasından da Osmanlının büyüyüşünü ve çöküşünü... Evet, nereye kadar çekilecektik biz de? Bu gelgit olaylarında aç kalan, evinden olan, ölen, biz sade insanlar oluyorduk. "Büyüklere bir şey olmaz Hasanaki," diyordu Vladimiros, "Yayılma oyununu kaybettiklerinde, 'Gel, biraz da sen oyna bu oyunu, biraz da sen ye!' diyorlar kendilerinden sonrakilere. Bizimkinin yerine, sırası gelen bir kral; sizinkinin yerine, sıradaki bir başka padişah! Ne güzel bir oyun, değil mi?"

XII

Bir cumartesi günüydü. Kent dışındaki bir tarlayı bir müşteriye gösterip yeni dönmüş, köşemizdeki Floru'nun kahvesinden ısmarladığım kahveyi henüz yudumlamaya başlamıştım ki, usulca açılan yazıhane kapısında Kira Marigo göründü. Kalktım, masadaki yerine buyur etmek istedim.

İçeriye girince, şapkasındaki tülü kaldıran, bazen de şapkayı tamamen çıkaran Marigo durgundu, oturmadı. Yüzüme bakmadı; fakat ben baktım, siyah tülün altındaki tatlı esmer yüzü kıpkırmızıydı.

"Hayır ben kalmayacağım," dedi. "Sen otur, dışardan geldin yorgunsundur."

Geldi, tam önümde durdu, başını yere eğdi. Cumartesileri yazıhaneye gelmezdi o; ama şimdi gelmişti ve yüzü kızarmıştı... Gelip önüme dikilmişti... İşte alışılmışın dışındaki bu ani davranışa çok şaştım, fakat renk vermedim, sessizce bekledim. O kızarmış yüzün etkisindeydim. Niye kızarmıştı, niye öyle sessiz duruyordu, niye başı eğikti? O güçlü kadın, niye mahcup bir tazeye dönmüştü? Bir nedeni olmalıydı!...

Sessizliği sürüyordu. Bu kez ben sıkıntıya düştüm, fesimi çıkarıp masaya attım.

"Kira Marigo hasta mısın?" dedim. "Yoksa başka bir şey mi var?"

Başını kaldırmadan, yüzüme bakmadan:

"Bırakalım artık Kir'i Kira'yı bir yana," dedi. "Sadece sen ben, varız!... Sana ihtiyacım var. Burada anlatamam, her an bir müşteri, her an kahveci çırağı gelebilir. Akşama, hava karardığında, birlikte senin eve gidelim, orada anlatırım. Bir şey sorma şimdi... Akşama, burda bekle beni, Ariadni nereye gittiğimi bilmesin. Buradan gideriz. Sizinkilerin kullandığı bir çarşaf getir, şapkayı burada bırakır, onu örtünürüm. Karanlıkta tanınacağımı sanmıyorum. Ben gidiyorum şimdi..."

Benim ayılmam için, onun gitmesi yetmedi. Benim aptallığım, o tekrar dönene kadar sürdü. Ama bu süre zarfında evime giderek, yatağıma temiz çarşaf serdim, pazardan birkaç çeşit yiyecek alarak mutfağın karışıklığını giderdim. Ne için geleceğini bilmiyordum, fakat bekâr evimi karışık görmesi doğru da değildi. Haftada bir-iki kez gelip evi, çamaşırlarımı toparlayan ablamın gelmediği bir gündü cumartesileri. Ve iş ortağım, patronum, hayranı olduğum kadın, bana geleceğini söylemişti. "Acaba?" diyor yine de yakıştıramıyordum. Bana gelecek ve benimle yatacak, olanaksızdı bu. Saçma! diyor, evine çağırıp söyleyemediği, yazıhanede açamadığı bir sıkıntısı olabilir diye düşünüyordum. Bu düşünce ve koşuşturmalardan yorgun düştüm, kent dışına da gidip gelmiştim, yani çifteydi yorgunluğum. Girişteki mindere uzandım, olmayacak duaya amin dercesine, uykuyla uyanıklık arasında düşler kurdum, dinlenmeye çalıştım. Kendime geldiğimde ortalık kararmaya başlamıştı. Annemden kalan bir çarşafı kaptığım gibi sokağa fırladım.

Geldi! Karanlık basana dek yazıhanede bekledik. Şapkasını masanın üzerine koyduk, çarşafa sarındı. Yüz kısmını kurala uygun örtmesine yardım ederken, elleriyle ellerimi yakaladı, sıktı. Bu hareket beni heyecanlandırdı, titredim, gevşedim.

Nefesi âdeta yüzümde, fısıltı halinde:

"Gevşeme Hasan," dedi, "sana ciddi olarak gereksinim duyuyorum."

Biz Türklerin yaptığını yaptık: Erkek olarak ben bir-iki adım önde, kadın olarak o arkada... Alandan değil, arka sokaklardan, Venetika Stena'daki evime yollandık. Elimdeki bastonu sesli biçimde yere değdirerek, köşe başlarındaki lambalardan uzak geçerek... "Tanrım, ellerimi sıktı, bana ihtiyacı olduğunu söyledi!" heyecanını içimde duya duya, eve vardık.

Önceden yanık bıraktığım küçük idare lambası, eve girdiğimizde fesimi, onunsa örtündüğü çarşafı çıkarmasına, birbirimizi görmemize yetiyordu.

"Nihayet geldik," dedim. "Kimselerin fark ettiğini de sanmıyorum."

İki elini tutarak, kızarık yüzünde iki kara boncuk gibi parıldayan gözlerine bakarak, sürdürdüm konuşmamı:

"Evime hoş geldin Kira Marigo. Bu akşamı hiç unutmayacağım. Bana verdiğin heyecanın titremesi, bunun doğurduğu gevşeme hâlâ sürüyor. Kusurum varsa bağışla beni. Annemin öldüğü gün, ilk kez elimi avuçlarının arasına aldın, bugün ben yazıhanede çarşafla yüzünü örtmeye çalışırken ellerimi tuttun, şimdi de yüreklenerek ben tutuyorum senin ellerini."

Ellerini benimkilerden kurtardı, kollarını boynuma doladı, konuşmadan, beni şaşkınlıklar içinde bırakan, eriten bir saldırıya geçti: Yüzümü, ağzımı, boynumu, her yanımı öpüyor, öpüyordu.

Bundan daha güzel bir davranış beklemek için Tanrı'nın yarattıklarının en, ama en safı olmak gerekirdi. Sol kolumla belini sarıp onu kendime çekerken, sağ elimle de zaman zaman gözlerimle okşadığım iri göğüslerinden soldakini okşamaya başladım. Bu hareketim karşılıklı isteği zirveye çıkardı, ikimiz de nefes nefeseydik. Sonra itti beni, uzaklaştı ve üstündekileri paralarcasına çıkarmaya başladı! Hareketlerimizin daha girişte, havada meydana getirdiği küçük esinti, idare lambasının zayıf ışığını titretiyordu. İşte şu kadar yıldan beri hayranı olduğum, görkemli Kira Marigo, benim evimde, şapkasız, tülsüz ve çırılçıplaktı! Konuşmuyordu; göğsü inip kalkıyor, kızarık yüzündeki burun delikleri, daha çok soluk almak istercesine açılıp kapanıyordu. O, yattığım odaya doğru giderken ceketimi, gömleğimi, ayağımdaki şık çizmeleri, haki külot pantolonumu ve uzun külotumu ne zaman çıkardığımı bilemedim! Yanına uzandığımda hızla üstüme çıktı, hemen beni içine aldı! Süslü Hüsnüye'den çok daha ıslaktı. Uçları fındık kadar büyümüş, dikleşmiş iri göğüsleriyle göğsüme kapandığında:

"Anam ne oluyor bana! Anam ne oluyor bana!" sayıklamasıyla hıçkırıyordu.

Sabah ezanı okunurken, onu izleyen dakikalarda kilisenin sabah çanları çalınırken, o aydınlığa yüz tutmuş dakikalarda evden çıktık. Yine ben önde, o arkada, evinin kapısına kadar götürdüm, bıraktım. Gerisin geriye, koşar adım evime döndüm ve sadece ceketimi, çizmelerimi çıkardım, kendimi yatağa attım. Yıllarca birbirine açılamamanın doğurduğu konuşmalarla ve iki kez daha sevişerek sabahı bulmuştuk. İlkinde o yönetmişti, sonraki iki sevişmede ise onu tanımanın sağladığı rahatlıkla, Kumkapılı Süslü Hüsnüye'nin yetiştirmesi olarak, deneyimlerimi kullandığım için, az daha pişman olacaktım çünkü son birleşmemizin sonunda küçük bir baygınlık geçirmiş, bir hayli korkmama, paniğe kapılmama neden olmuştu.

Tek merak ettiğim şey, gelişimizde ve gidişimizde herhangi biri tarafından görülüp görülmediğimizdi. Farkına varmadım, fakat ne ki aşkın gözü kördür derler, birileri görüp de etrafa yayarsa, hem yaşamım zindan olur, hem de bu büyük aşkı kaçırırdım!

XIII

Hanya'da, dolayısıyla tüm Girit'te biz Türkler için yaşam, gün geçtikçe zor ve daha korkutucu oluyordu. Anadolu bozgunundan kaçıp gelenlerin, kent içinde bile, başında fes taşıyan Türklere saldırıları arttıkça artıyordu. Karakola şikâyete gidildiğinde şikâyet yarım yamalak dinleniyor, suçluların yakalanmasına çalışılmıyordu. Kent dışında ise punduna getirip insanları öldürüyor, tarlaları, bahçeleri yağmalıyorlardı. Kent dışına bir başına, hem de silahsız gitmek bir çılgınlıktı, yüreklilik gerektiriyordu. İslam Encümeni'nin daha önce dağıttığı, 'Müslümanlar bundan böyle silah taşıyabilir,' şeklindeki beyannamesinden sonra, bir av tüfeği ve fişekler satın alıp eve asmıştım. Bir başka gün de bir altıpatlar edinmiş, ceketimin altından belli olmayacak şekilde belime takmıştım.

Tüm çevrem endişeliydi. Başı çekenler ablamlar, Hüsnüye ve Kir Vladimiros'tu, başıma bir şey gelmesinden korkuyorlardı. Beri yandan, Hüsnüye'yi çok ihmal ediyordum, ama çarem de yoktu. Çünkü bir konuşmamızda Marigo, Hüsnüye'yle yaşadığımı baştan beri bildiğini söylemişti. Beni ortaklığına alırken, avukatı aracılığıyla yaptığı araştırma sırasında öğrenmişti.

Şimdi çok geçmişte kalan bu olayları defterime geçirirken, bu iki kadının yaşamımdaki etkilerini anımsıyorum tek tek. Süslü Hüsnüye'den sevişmenin inceliklerini öğrendim. Bir kadınla baş başa içki içmenin tadını, okuryazar olmamasına, bilgisizliğine karşın, erkeğine kendini tertemiz bir bedenle vermesinin zevkini yaşadım. Marigo ise, Hanya kentinde, işadamı saygınlığı, daha rahat bir geçim ve iki ev kazandırdı bana. Altı yıllık dulluktan sonra, bir kadının kösnüllüğünün ne olabileceğini gösterdi. Kocasının ölümünden sonra kendisini baştan çıkarmak isteyen Rumlara nasıl dayandığını, ayırdında olmaksızın bir karşı koymanın, giderek nasıl bir yaşam biçimine dönüştüğünü anlattı. Beni pencere ardından görmeye başlamasıyla değişme eğilimini gösteren duygularını, bu duyguların çoğalımıyla beni işine katması, birlikte geçen iki buçuk yıl zarfında, gizli gizli ona bakmamın dışında bir davranışta bulunmayışım ve birdenbire çıkan göç haberlerinin kendisinde doğurduğu paniği... Bu panik ve yılların cinsel perhizi bizi birleştirmişti. Çevreden çekiniyor, sokakta görülürüz korkusuyla onun evinde buluşuyor, gecelerimizi onun yatak odasında geçiriyorduk. Ariadni'den çekindiğimiz yoktu artık. Rahat davranıyorduk. Sanki o da bu aşk yaşamından memnundu. Gülmeyen yüzüne bir aydınlık gelmiş, bir şeyi söylerken tebessüm eder olmuştu. Bir gece de hararetli geçen bir sevişmeden sonra, tuvalete gitmek istedim. Gece yarısından sonraydı, Ariadni çoktan yatmıştır düşüncesiyle, yataktan kalktığım gibi çırılçıplak sofaya çıktığımda, onun, bizim kapının yanında, ayakta durmakta olduğunu gördüm, şaşırdım, geriye odaya da dönemedim. Heykel gibi sessiz, kapımızın yanı başında bizi dinlerken yakalanmış olması, bir de benim anadan doğma halim karşısında, kalakaldı ayakta. Kıpırdayamadı ama, gözlerini de örtüsüz, her şeyiyle açıkta olan önümden ayıramadı. Masa üzerindeki gece idare lambasının cılız ışığı, karnımın alt kısmının olduğu gibi görünmesine yetiyordu. Tuvaletten döndüğümde, Ariadni yoktu...

Hüsnüye'nin yumuşak, beyaz vücudundan sonra, tatlı esmer, daha sert bir ten ve daha diri göğüslerle oynaşmam, beni de değiştirmişti. Hayır değiştirmemişti, daha şen yapmıştı. Ölen, kendisinden hayli büyük kocasının ve çocuk doğurmamış olmasının yararı olmuştu ona. Yıpranmamıştı, vücudu bir yay gibiydi. Okumuşluğundan mıydı, yoksa ruhunda mı vardı bilemedim, sevişirken açık saçık sözler söylerdi hep: Kâh yüksek sesle, kâh bağırarak, kâh fısıltı halinde... "Haydi namussuz, kız oğlan kızla yapıyorsun şimdi!" derdi örneğin. Böylece, bedeninin diriliğini vurgulamak istiyordu sanki, öyle algılıyordum...

Geceleri iyiydik de, gündüzleri o da ben de fena oluyorduk. Çünkü her geçen gün göç haberleri, kabadayılık olayları yoğunluk kazanıyordu. Buradan sökülüp alınacağımıza kesin gözüyle bakılıyordu artık... Göç Komisyonu'nda, gideceklerle ilgili belgeleri hazırlamaya başlamışlardı. Büyük önerisini, işte o zaman yaptı bana Marigo:

"Hasan," dedi, "doğup büyüdüğün bu adayı seviyorsun, hem de delicesine. Aile büyüklerinin mezarları da burada ve birbirimizi seviyoruz. Hıristiyan ol, burada kal, evlenelim, mutlu bir yaşam sürelim. Şimdi kininle gebeliği önlüyorum, evlenirsek önlem almam, kaç çocuk istersen doğururum sana, güveniyorum kendime."

"Olanaksız bu Marigo," dedim. "Girit'i de, seni de çok seviyorum, ama yapamam, bağışla beni. Irk ve din duygularım engel buna. Sen gel, birlikte gidelim, Anadolu'da evlenelim. Hem dilersen dininle de yaşarsın, inancına karışmam ben."

"Her şeyi göze aldım ben, bu nedenle sana yansıtmadım,

ama bağnaz bazı Rumlar beni, Papaz Agapios'a şikâyet etmişler, bir Türkle, seninle yaşıyorum diye! Senin yazıhanede bulunmadığın bir gün geldi, nasihat etti ve tabii sonunda da tehdit! Seni sadece adadan değil, koynumdan da söküp götürecekleri güne kadar, yani göç gününe kadar dayanacağım, sonrasını Tanrı bilir."

Marigo onurlu kadındı, bu konunun bir daha lafını bile etmedi. Tıpkı kendisinden çok yaşlı oluşu nedeniyle, bir yığın kusurları, eksiklikleri olabilecek ölü eski kocasından hiç mi hiç söz etmemesi gibi. Ne aşkta, ne de günlük yaşamda sanki böyle bir şey geçmemişti başından, sanki böyle yaşlı, kimbilir ne geçimsiz bir adamla, karı-koca hayatı yaşamamıştı.

Papaz Agapio'nun tehdidi, Kavas Ahmet ile bana da geldi. Haftada iki kez, arkadaşlarla yine buluşuyor, yine dertleşiyorduk; ya Nuri'de, ya Renieri'de, ya Bolari'de, ya Pavli'de. Meyhanemiz çoktu, ama güvenlik nedeniyle genelde Nuri'ye atıyorduk kapağı, arada bir de ötekilerine...

Benden fazla Kavas Ahmet korkuyordu:

"Vallahi bilmem, götürürler seni!" dedi. "Hem su içinde... Şu komisyonculuk işin nedeniyle, rahatlıkla diledikleri yere seni çeker, yok ederler! Kelleni kurtarmaya bak! Bu işin şakası yok haaaa!"

İlişkinin ayırdına varan bir komşudan mı, Ariadni'den mi, yoksa terk etmek zorunda kaldığım Süslü Hüsnüye'den mi çıkmıştı bu laf, kestiremedik. Ama ne ki, durum kötüydü!

Marigo'nun gözleri, belli ki ağlamaktan kızarmış ve şişmişti. Uyku tutmaz olmuştu onu. Sonunda bir akşam evine geldiğimde, kararını açıkladı: Yunan değil, bir İtalyan yolcu vapuru gelene dek, evden dışarı adım atmamalıydım, Girit'ten sağ çıkmalıydım, öyle istiyordu. Mısır'a İskenderiye'ye mi giderdim o gemiyle, İtalya'da Brindisi'ye mi giderdim, kendi bileceğim işti. Yalnız vardığım yerden, bir Rum ismi kullanarak, telgrafla durumumu bildirecektim. Parasız kaldığımda yine haber edecektim. Söylemiyordu ama, tehditler sıklaşmıştı ki deliler gibi planlar yapıyordu. Üç evimden birini ablamlara bağışladığımı, diğer ikisini Marigo'ya sattığımı gösteren işlemler için çıktım bir kez, o kadar. Marigo, çil çil Osmanlı altınları topladı, ayrı ayrı yerlerimde saklamam için de, üç küçük keseye bölüştürdü.

Ve 1923 yılının Şubat ayının kasvetli bir ikindisinde, Hanya'nın Suda limanından, İskenderiye'ye gidecek İtalyan bayraklı San Marko vapuruna girdiğimde, salhaneye kesime götürülen kasaplık bir hayvan gibi duyumsadım kendimi. Ellerinde bıçaklarla beni bekleyenler yoktu vapurda, onlar karada kalmışlardı. Ama yurdumdan kaçmama, evimi barkımı, cetlerimin mezarlarını bırakıp gitmeme neden olan bağnazlık, midemi bulandırıyordu! Lanetler ediyordum bunlara neden olanlara. İlk kez bindiğim vapurda, İtalyanca bağırtılara karışan Yunanca sözler, kasvetli akşam alacası içinde korku veriyordu bana. Anayurduma varmak amacıyla yola çıkarken, bir daha dönememecesine yurdumu terk ediyordum aslında! Kaçtığımın farkına varılır da hemen orada, sahilde öldürülebilirim diye, uğurlamaya gelenim de olmadı. Her şeyi inceden inceye düşünüp planlayan Marigo, başımdaki fesin beni ele vereceğini unutmuştu. "Ben bir kasket alır, faytonla yetişirim sana," demiş, üç sokak ötede beklettiği bir başka faytonla bir başıma vapura yollamıştı beni. Ne boynuma sarılıp ağlayanım vardı, ne de bir mendil sallayanım. Vapurun kalkış hazırlıkları hızlanırken yetişti Marigo. Bir kenara çekildik. Başımdaki fesi hızla kaptı, bastırarak, tepiştirerek elindeki çantaya yerleştirdi. Getirdiği kasketi başıma oturttu, geriye çekilerek, şişmiş ıslak gözlerle baktı bana.

"Yakıştı, güzel oldu," dedi. "Yerine varıncaya kadar, karşıdan bakan, senin kim olduğunu, ne olduğunu anlayamaz. Rahatsız edilmezsin. Kir Vladimiros'u da ziyaret ederek, ani ayrılışının nedenlerini anlatıp, seni hoş görmesini rica ederim, merak etme. Seyrek de olsa, o sevimli ihtiyarı yemeğe alarak, hem yalnızlığını gideririm hem de seni anmış oluruz."

Midem bulanıyordu, bilinmeze gideceğimin doğurduğu heyecan ve korkudan, bıçak açmıyordu ağzımı. O ise, iki eliyle yakamdan tutarak, beni kendime getirmeye çalıştı, son öğütlerini verdi:

"Paralarını ve seyahat kâğıtlarını iyi sakla. Anadolu'dan gelenlerle konuştum, ancak Ayvalık denilen yerde rahat edebileceğini öğrendim. Oraya gitmeye bak."

Gemi güvertesinin kuytusunda, son kez sessiz kucaklaşırken, ikimiz de ağlıyorduk. Ben yurdumdan oluyor, görmediğim, bilmediğim, karanlık yollardan, anayurduma gitmeye kalkıyordum; o ise başarılı bir arkadaşını, kadınlığının en olgun, en kösnül döneminde, kendisine ayak uydurabilmiş erkeğini yitiriyordu.

Türkçe öğretmenim Bursalı Kemalettin Bey'i uğurladığımda, ben sahilde durmuş, vapurun bir nokta halinde ufukta kayboluşuna dek beklemiştim. Bu kez ben vapur güvertesinden, sahildeki Marigo'ya el sallıyordum, o da bana. Vapur uzaklaştıkça, Marigo küçüldü, nokta oldu ve silindi.

Arapçayı bilmediğimden İskenderiye fellahlarından neler çektiğimi bir ben, bir de Tanrı bilir. Marigo, "Sıkıntıya düştügünde, bulunduğun ülkenin limanına git, mutlaka orada bir Yunan bulur, tercümanlığını isteyebilirsin," demişti. Bunu anımsayarak, aradım, birini buldum da sıkıntılardan kurtuldum. Fellahlar ne Türkçe ne de Yunanca biliyorlardı. Pamuk tüccarıydı Yunan ve onun çevirmenliğiyle güçlüklerimi yendim. İskenderiye'den İzmir'e gitmek olanaksızdı. Önce İtalya'nın Brindisi limanına gitmem gerekiyordu, oradan Yunanistan'ın Pire limanına, oradan da İzmir'e…

Bu kez, günlerden sonra Brindisi'nin rutubetli ve soğuk limanında, İtalyanca bilmediğimden, denizcilerin kaldığı otelin odasına getirdiğim kadına, işindeki ustalığı, beni memnun edişi nedeniyle bir altın verince, bir altın da otelciye kaptırmıştım! Kadından altın kokusunu alan otelci, İtalyan farfaracılığı ve yapışkanlığıyla, o bir altını koparmıştı benden. Yunancam limanda Pire vapur acentesini ararken işe yaradı, bir Yunan gemiciyle karşılaştım, onun yardımıyla Pire'ye giden bir gemi buldum…

Vapur bekleyen yolcularla işsiz gemicilerin doldurduğu kahvehaneleri, vapur acenteleri konyak ve adaçayı kokan Pire'de, daha geldiğim günün akşamında, İzmir'e gidecek vapura bir bilet alarak kamarama yerleştim. Burada, dillerini bilmenin rahatlığı içindeydim; fakat bir yandan da Hanyalı bir Rum'la karşılaşırım da, beni tanır, başıma bir iş açar diye tedirgindim.

Pire'nin ardından İzmir, hiç de güç gelmedi bana. Yurdumdan, sevgilimden ayrı düşmenin burukluğu sürerken, sadece öğretmenim Kemalettin Bey'le yaşadığım Türkçe açısından, burada âdeta bir şölende buldum kendimi, sevindim… İskenderiye'de Arapçayla, Brindisi'de İtalyancayla, Pire'de, Hanya'dakinin devamı Yunancayla yorgun düşmüş kulaklarım, her yerde konuşulan Türkçeyle dinlendi…

İlk işim, başımdaki kasketi çıkarıp, Kordon'da indiğim Punta denilen yerin arka taraflarındaki küçük bir fesçiden aldığım fesle başımı örtmek oldu.

Anayurtta, artık benim yurdum olacak Ayvalık nerede, oraya nasıl gidilir gibi bilgileri ve vapur acentesinin yerini kolaylıkla öğrendim. Edremitli Banker Ali Bey'in o hatta çalışan "Hamidiye" adlı vapuruyla, bir gün-bir gecede Ayvalık'a vardım...

İskeleye çıktığımda, Sabri Paşa'nın bir askeri selam durdu bana! Çizmem, haki külotum, köstekli saatim, ceketim, fesim ve bastonumla, beni subay sanmıştı herhalde!...

Ad. Jelhange
Akdeniz T/C

156/sdl
NO 3/2
anarh

35 AR 7513